北京平淡故事

修源　著

知识产权出版社
全国百佳图书出版单位

图书在版编目（CIP）数据

北京平淡故事 / 修源著 . -- 北京 : 知识产权出版社, 2019.1

ISBN 978-7-5130-6027-1

Ⅰ . ①北… Ⅱ . ①修… Ⅲ . ①长篇小说–中国–当代 Ⅳ . ① I247.5

中国版本图书馆 CIP 数据核字（2018）第 290627 号

责任编辑：徐家春 **责任印制：孙婷婷**

北京平淡故事

BEIJING PINGDAN GUSHI

修源 著

出版发行：知识产权出版社有限责任公司	网 址：http://www.ipph.cn
电 话：010-82004826	http://www.laichushu.com
社 址：北京市海淀区气象路50号院	邮 编：100081
责编电话：010-82000860转8573	责编邮箱：823236309@qq.com
发行电话：010-82000860转8101	发行传真：010-82000893
印 刷：北京中献拓方科技发展有限公司	经 销：各大网上书店、新华书店及相关书店
开 本：880mm × 1230mm 1/32	印 张：7.125
版 次：2019年1月第1版	印 次：2019年1月第1次印刷
字 数：172千字	定 价：36.00元

ISBN 978-7-5130-6027-1

自序

之所以写自序，有两个原因：第一，一般的书都有一个序，这似乎是一个惯例，再版的时候也得写一个新的，以便让同一本书，能有些继续售卖的理由。这是我的第一本书，很有可能也是唯一的一本，因此，我不能放过这个机会，得写个序。第二，基于我当前的人脉、资源和在北京发展的状况，着实无法对接到写出序言赋能这本书的人，格局不够。因此，只好自己写了。

这本书写作的时间在五年前，现在看来，这书的大部分内容，充斥着“矫情”二字，然而我并不为此苦恼，虽然以其“矫情”程度之深，让我现在都不敢完整再读一遍，可对我而言，随着自己变得日益市侩和麻木，“矫情”反倒代表着某种丢失的东西，既然不可能再获得，想到自己曾经拥有，虽然过犹不及，也足够欣慰了。

北京是一个复杂的城市，各色人等、稀有事件、粗暴温柔，都汇聚于此，这对于一个四线小城的青年有着难以想象的冲击力，长久的迷茫、无助、波动和混乱，构成了与之初相识的感受。在很长一段时间内，小城青年都尝试与这个城市交流、沟通、适应，甚至妥协，以便达成某种默契，和谐相处。

但是很不幸，时至今日，依然失败。

这个城市的友好与蛮横都很极端，不仅同时共存，甚至同时显现，就好像你会看到一个人左脸笑、右脸哭一样，这大概会吓跑一些信神信鬼的普通人，但另一些勇士，更会为之兴奋，毕竟愈是难得，愈有价值，抓了去马戏团，也是一大卖点。

勇士不过是勇敢一点点的普通人，酒喝多了也会呕吐，烟抽多了也会胸疼，抓不到猎物、盘缠用光的时候，也会伤心难过。最终获胜的勇士绝不可能是一堆人，只能是几个，还需要分个孰高孰低。那么，多数勇士只会落得个“勇士”的虚名，他们无法成为这个城市的主人，而当退而求其次回到小城的时候，他们会显得更失败，普通人们讥讽“勇士”不过徒有其表，色厉内荏且刚愎自用，失败是咎由自取，大快人心。

有一点点追求的人，在失败的时候，会比没有追求的人，更加失败。而且此时，他既不属于北京，也不属于小城，他只是一个流浪的孤魂，在两方之间游荡。

生活，充满无聊和痛苦，在数不尽的无聊之中，偶尔穿插痛苦，当穿插的痛苦程度相对较低，得以喘息，或者表面光鲜造成幻觉的时候，我们称之为“快乐”。总是被糖衣炮弹的糖衣所迷惑，在炮弹爆炸时大吃一惊地不知所措，这就是我们每天都要面对的生活。

感谢严复初先生、郭开敏先生和徐家春先生，使得这本书能够顺利出版；感谢李檽先生的封面设计，让这本书具备了相当的迷惑性。

五年的时间，已经让人有足够的变化，这种变化无法量化，也无法评判，只是发生了而已，过去的无所谓好，现在的无所谓坏，对于过去的事情，即便我做了记录，事实的本来也绝非我所书写的这样，真实情况，终是未知。不过，对于过往的日子，记录会提醒我，这是存在的，每当我需要祭奠他们的时候，终究有个场所，透露些音容宛在的画面。

修源

10月2日于出京列车

目录

北京平淡故事

番外篇：北京秋天的下午到晚上

三 北京平淡故事

第一章　列车

当第一缕阳光打到地面的时候，一列火车逐渐驶入北京，作为性价比最高的交通工具，这列火车搭载了各色人士，有找工作的、找孩子的、找父母的、找妻子的、找老公的、找公道的、找机会的、找信息的、找乐子的，等等。列车渐开渐慢，搭配列车广播中的女人对于北京西站的极富耐心的介绍，整个车厢被焦躁和嘈杂所淹没。

江城混在其中，表面上与周围的人形成鲜明的对比，他沉着冷静，不过这完全是由于昨晚油炸类食品吃得过多造成消化不良的失眠后遗症。车厢让人无法入眠，嘈杂之中方显英雄本色，江城眼看就快睡到地面上去了，如果不是身后那位大哥的包裹里的被褥给他以坚实的依靠，他就会亲吻到另一位大哥写满岁月痕迹的双脚。

人们使劲往门口涌去，但事实上此时离停车还有几分钟的时间，门口已经被围了个水泄不通，前面的人虽有得意，但也十分痛苦，恨不得脸面贴到玻璃上，可见排在前面也不是什么好事。江城坐在窗户的桌子旁边，早就失去了一马当先的契机，只能最后以胜利者的姿态完成任务。通常来说，当第一并不容易，当末尾却容易得多，但是从不落窠臼、标新立异的角度来讲，都是一样的，因为有一个记忆的准则说，记忆一个东西，通常人们只记得开头和结尾，中间基本处于混乱和空白之中，可见两个位置的重要。江城喜欢与别人不一样，他选择最后出去。

此时广播中的女人也渐入佳境，已经从北京西站的历史介绍到了设施和地位，也就是开始核心炫耀，让来到的人们有一种与有荣焉的感觉，瞬间“站人合一”，充满骄傲和自豪感，这种情况对于第一次来北京的人效果更为显著。江城已经有了明显的主人翁意识，望向窗外的时候，眼神都充满了爱怜。

下火车之后，江城本打算打车，听说北京打车贵，贵就贵了。可鬼使神差地一出站就先看到公车站牌，他也做过功课，清楚去学校的直达车，这里又是始发站，肯定有座，何必花那个冤枉钱？又一咬牙，觉得还是上公交车好。这样牙咬两次，险些咬碎之后，江城在公车站开始排队。

始发站的车虽然有座，但是也有先来后到，况且先来后到也是相对的，此一时彼一时。排队过程中虽然有一个顺序，但是最终的结果在上车的时候经过一番激烈较量还是很可能发生改变。更要命的是，先上先有座，后上定无座，此时最后上去是彻头彻尾的失败者。江城只好使出浑身力气，利用背后的包和手上的箱子作掩护创造一个空间，又用尽最后一点力气把行李拿上车，总算找到一个能坐下的位置，大嘴张开，四下冒汗，就差把舌头也吐出来了。不料车辆启动，车内微风阵阵，让江城第一次见识到了空调公交车的威力，整个人瞬间神清气爽，意气风发，主人翁意识更是泛滥得厉害，霎时间觉得自己是“世界之王”，公交车就是自己的私家车，心里默念“司机你快给我开到学校去”。

一路上跌跌撞撞，尤其是箱子晃来晃去，不时砸到旁人，江城忙不迭跟人说对不起，背后的大包让他只能采用标准的坐法——屁股坐在座位的前三分之一。然则这又不是面试，不仅不能给人好印象，反而几次试图去扶箱子，结果差点跌下来。就这样晃荡了一路，把空调的凉爽带来的精力全部消耗干净。下车时正值旭日初升，江城的五官差点都拧在一起，算是初步体会到了一个人的艰辛。

好容易来到寝室，江城赶紧去买些被褥之类的东西，回来已经由体弱转变成奄奄一息。铺好床铺才发现屋子朝阳，阳光毫不羞涩，隔着窗帘硬是闯了进来。寝室不出意外只有风扇而无空调，还好江城算是耐热汉子，将就着也就休息一会儿。

江城在开学提前一天的八点多钟到达，第一名进入寝室自在情理之中，正琢磨这第二名什么时候过来，门就自动打开。与江城的形影相吊形成鲜明对比，这次一下进来一家人，众人干这干那，分工合作、热火朝天，唯独要住在寝室的哥们儿坐在床上，一言不发，一时间有一种太监拥戴儿皇帝登基的感觉。江城进退维谷，既跟“太监们”有代沟,又怕热脸贴了“儿皇帝”的冷屁股,恰巧有电话,自觉是个好理由,赶紧也就告退了出去。

来电话的是甘州，问江城怎么来学校找宿舍的事情。江城一五一十全部交代清楚，嘱咐她路上小心，来了联系。乍一听起来好像是恋人重逢，其实是初次见面。这一年社交网站刚刚兴起，大家还没来学校就迫不及待地将毕业院校改成了即将入读的学校。江城在社交网站上一共认识了三个人：甘州、胡月和李羽歌。

三个人无一例外都是女的，甘州和李羽歌的共同之处在于她们的照片都不错，而且只有头像相册一张。这一方面造成了江城对这个人的无限憧憬,另一方面也让他心生疑窦,原因在于单一的照片缺乏比对,给人一种不敢以真面目示人的印象。不过江城假期闲来无事，什么都不影响。

高考完的暑假绝对是一生中最了无牵挂的两个月，当然是在确定了学校而且还比较满意的前提下。江城便属于以上情况。这段时间里他厉行节俭，毫不浪费资源，慢慢建立了与甘州的联系，从社交网站互为好友，到要电话，到发短信，到打电话再到不停地短信，每天互道晚安。当然甘州肯定也不是什么省油的灯，虽然腼腆，可也不拒绝，不拒绝也就是迎合，双方你情我愿，情投意合，给中国移动创造了不少利润，也为自己创造了更加丰富多彩的生活。

两人每天的短信不计其数，日子一天天过去，总算到了要见面的时候。

江城仓促吃过早饭，一看时间为八点五十九分，便急匆匆来到教学楼门口。

路上江城不断思考如何开口，毕竟在短信里说话和见真人沟通是截然不同的两个概念。手机和文字给人们建立了一个天然的隔避层，壮了怂人胆。不敢说的话都敢说了，然而感情成分有多少也就无从谈起，就好像人们在方便地食用方便面的时候根本无法要求它的营养一样，当然，其实要求的人也不多。

江城坐在台阶上，满眼望去似乎面前都是甘州，远远过来一个女生，白衣飘飘，气质端庄，是甘州吗？脸尖了点。面前走过一个女生，身材窈窕，是甘州吗？没戴眼镜。身后跑了一个女生，朝气蓬勃，是甘州吗？头发太长……只见过照片的好处就是，江城可以大胆猜测气质、模样，不断有崭新的期待，望东望西，乐在其中。正沉沦的时候身后突然一拍，江城扭头，一个女生略有羞涩地说："是江城吗？我是甘州。"

江城一惊，镇定一下："甘州啊，一眼没看出你来，不好意思哈。"

这时甘州就活生生地站在江城面前，脸是她没错，江城大概用了一分钟做出分析，半秒钟得出结论：你只放一张照片是故意害我吧？

与此同时，江城还在慢条斯理地跟甘州讲解如何入住宿舍的事宜，由于刚刚经历过，所以复述很容易，当然并不是江城有如此好心，只是他不想让甘州看出自己的结论而已。

"先进去登记，找到老师之后给她看你的通知书，她会核对你在哪个宿舍，接着就给你钥匙了，上去就好。东西嘛，我也没去过女生寝室，不过应该差不多了，都准备好了。不过条件挺差的，毕竟是老宿舍了，我收拾了一上午，到现在才来了一个室友，你也算来得早了……"

“这样啊，那个我父母等我呢，我一会儿就搬东西进去，谢谢你呀，咱们随时联系。”甘州说着就慌忙跑到她父母那里，还回头看了江城一眼。

江城大怂，并没有接招，假装看手机硬是走开了。心想如果不是她主动提出来，自己知道的这些就不够用了，接下来如果要帮她搬东西可就麻烦了，这一路上还不得大眼瞪小眼，相顾无言泪千行。

下午去领学生卡放档案，排在前面的一个女生的牛皮纸袋上写着“李羽歌”，江城侧面瞄一眼，样子是对的，可是也太高了吧，照片上是个小萝莉，现实中是条大萝卜，小腿粗得可以，不过样子不差，综合评定心旷神怡。果断紧张地开口说话：“你是李歌羽吧，不是，李羽歌吧？”

那女生一听就笑了，“对啊，你是江城？”

不笑不要紧，一笑更好看，江城脑子突然空一下，不知要说什么，正好老师叫住李羽歌要核对信息，算是给江城解了套。

两人象征性地聊了几句，留下电话，就各自分别了。

晚上回到寝室，室友已经悉数归位，“儿皇帝”叫张景乐，另有一个黑乎乎的哥们儿刘子楼，还有一个白乎乎的哥们儿华清。大家自我介绍之后就各干各的，说是各干各的，其实都是摆弄手机罢了，其余三人跟家里联系，江城则给李羽歌发了第一条信息。

“看你照片以为是个可爱的小女生，今天看真人这么高啊！呵呵，累了早点休息吧，晚安。”

江城斟酌半天，发了出去，这条短信信息量极大，先夸可爱，再夸身高；“呵呵”显得自己清高自傲，有些许不屑；“累了早点休息”

表现自己善解人意；“晚安”虽然常规，但也不可或缺，说明我和你的关系只是普通朋友。整条短信微微殷勤，又恰到好处，谄媚中不失自尊，构思周到，毫无破绽。

接着就是等待，从发出到李羽歌回复，耗时半个钟头，期间收到父、母、甘州以及中国移动短信各一条，一概不管。总算等来回复，李羽歌言简意赅，简明扼要，与江城发的短信形成呼应，可谓一字千金，短信价值两千金：“晚安”。

江城脑子里的弹簧顿时松弛崩断，有种莫名的虚脱感，不过有回复聊胜于无，只是这回复实在搞得人没有面子。拆东墙补西墙，江城把怒火发泄到别人身上，父、母、甘州一律“晚安”了事，差点给中国移动也发了一条，算是开心了一点。

夜晚又热又闷，被子被嫌弃，推到一边，不料后半夜突然电闪雷鸣，狂风大作，气温骤降，江城又只好乖乖把被子请回来，盖住肚皮。几只小蚊子趁机兴风作浪，江城懒得迎战，只好全身钻进被子。蚊子虽被挡住，怎料实在太热，白毛汗捂了一身，又只得从围城里冲出来，蚊子大喜，接着骚扰。反反复复，波波折折，雷雨后日出，第一夜也就过去了。

第二天学校新生大会，领导唠叨注意事项。江城毫不气馁，依旧寻找李羽歌，前后左右看遍，终于发现一个高大的身影，只是感觉相貌气质与昨日所见相去甚远，定眼一看，还真是她。

昨天李羽歌穿的还算可爱风，仅仅是把照片上的那个人拉长了，今天穿的似乎是刚从城乡接合部扫货归来，江城的兴奋劲顿时被扫了一半，不过此消彼长，江城今天的穿着还是可以，因而昨晚的挫败感被减少，勇气倒被提升。

“随便一瞄就看到你了，后面那么高，躲都躲不过。”江城发信息。

之后信息回得堪称神速，让人怀疑是不是李羽歌在等着信息。“好好听领导讲话，这么不尊重。”

“你不也在发信息吗？还说我要尊重？”

“我在教你学好啊，你这人怎么不知道好歹，好吧，其实我也没听，嘿嘿。”

……

两人你来我往，最终敲定讲话后校门口见。期间甘州发信息一条，询问江城开会地点，江城只回复地点而别无他物，甘州进门的时候，江城把头一低，当作没看见。

江城和羽歌慢慢走，随便聊，走到了学校旁的小公园中，到了午饭时间，两人双双返校，礼貌地分别，各自吃饭去了。

一路上抛去其他七七八八的东西，江城一共知道了三条信息：第一，不要走到下水井盖上，这是不吉利的。第二，羽歌有男朋友，在北京的另一个学校。第三，羽歌的男朋友没有江城好看。

这三条正面、负面、中立各一条，几乎没法判定羽歌究竟是怎么想的。基于羽歌愿意和江城单独出来这一点，江城倾向于认为羽歌是喜欢自己的，那么当务之急就是，赶紧回到宿舍跟剩下的三个人速速分享。

江城回到寝室比其他人晚，虽然他现在急切地希望将这件事情告诉大家，但有道是爱叫的狗不咬人，自卖自夸总显得廉价，所以只好硬要装出喜怒不形于色的状态。由于内在驱使力的加强，逼迫找到发泄途径，江城明显变得活跃起来，好似发情期的种马一样四下乱窜，看看你，问问他，敬个礼，握握手，宿舍刹那间鸡飞狗跳。

还好景乐拯救四人于水火之中，问道："讲话一结束你就不见了，江城，干吗去了啊？"江城终于听到提示，活力槽耗尽，电池用光，停下若干秒，故作镇静说："哦，刚才和李羽歌出去逛了逛。"

"李羽歌，就是那个高高的？可以啊你。"子楼率先表示惊讶。

"动作也太快了吧？"华清附和道。

"不过好像听说她有男朋友了。"看来景乐也不是个什么清心寡欲的人。

"我觉得吧，她还是对你有意思。""肯定的，要不就不跟你逛了。"景乐和华清的观点与江城一致。

本来还想午睡，讨论着就到了下午参观学校的时间了，大家动身起床，宿舍的四个人第一次熟络起来。当然，作为这次关于羽歌与江城关系的大讨论的始作俑者，江城内心十分愉悦，乐得鼻涕都快出来了，再次印证分享令快乐加倍的真理。

接下来的两天，江城和羽歌保持着亲密的联络，与甘州保持着没有联络。这天早上，江城一起床就收到羽歌的短信，问他在干吗。江城决定更进一步，回复到："没干吗啊，昨天晚上梦到你了。"

"一会儿门口见吧，咱们出去走走。"羽歌回复。

江城立即出尔反尔，言而无信，推掉昨天说好的与寝室其余三人游览周边大学的计划，在一片重色轻友的笑声中快步走出寝室。

江城远远望到羽歌，她还是穿着城乡接合部的那一身，虽然兴致略有损伤，但也只好如此了，因为江城的理性告诉他，现在还没有到能跟羽歌抱怨她的穿着的时候。

两人到学校旁边的小公园坐下，不等江城没话找话，羽歌先开口了。

“江城，这两天跟你在一块儿我挺开心的，不过我也觉得怪怪的，嗯，怎么说呢，你说你梦到我了，我吓了一跳，咱俩现在什么关系都没有，怎么会这样说呢。我是有男朋友的，我们是想着以后要结婚的，所以……你长得比他好看，可是我们也有挺深的感情了，反正，谢谢你，你人很好的。”

一席话听下来，江城彻底傻眼，毫无准备地被来了一棒子，相比之下刚才羽歌的穿着所造成的杀伤简直是不值一提。不过输人不输阵，江城也大概回了些“咱们就是普通朋友”，“你不要多想啊”，“给你发的信息不好意思给你造成困扰”之类的废话。一路上回来还说了些什么，江城是真的都记不得了，只感觉后脑勺发沉，胸口堵得慌。

回到寝室，另外三个还没人影。江城腰膝酸软，四肢无力，倒在床上，想想这几天的经历真是荒诞，自以为懂得女生的心思，不想被人反戈一击。正想着甘州来了短信，问江城在做什么，江城难得的除了回复“躺着呢”以外，还反问甘州“干吗呢？”来来去去，聊了一会儿，其余三人也就回来了。

三人当然询问江城今天的进度如何，江城稍微糊弄两句，铺陈一下，说两人性格其实不是很合，有点无聊，有点无趣，有点乏味，有点郁闷。三人信以为真，笑骂江城忘恩负义狼心狗肺，才几天就腻了。

晚上景乐带着内线消息回来，女生那边已经传开了，说江城追羽歌，没追到，羽歌还是喜欢现在的男朋友之类的。江城听了之后怒不可遏，但也不好发作，只好淡淡地说，随她去吧，解释就是掩饰，辩解只能更糟。

其他人本来还想问问，见江城不愿多说，也就没有开口，不到午夜，寝室就已经一片死寂。

江城心想女生真是难搞，明明自己愿意单独出来，还搞这么一套。还到处跟别人说，不讲能怎样，就为显示厉害？刚来了就有人追？“不仅有人追，我还不要呢，看我多有原则”。自己也真是的，八字还没一撇就跟寝室的几个人说，这下让人好看了，人家嘴上不说，心里不知道有多么鄙视自己。留下的烂摊子怎么收拾？别的女生知道了可怎么办？归根结底还是李羽歌太有心机，这样的女生估计以后也不会幸福，“什么结婚，你知道‘结婚’两个字怎么写吗？瞎开空头支票，既想男生围着转，又想显示用情专，以后走着看你……”想着想着也就睡着了。

月亮注视着地面，校园里的灯还亮着，几个老生不愿睡去，接着酒劲喊楼，空气中飘荡着几个听不清楚的名字。

更黑的夜显得圆月更亮，更静的夜显得回声更响。

江城风流不成，趁着消息还没有传开，他需要尽快扭转这个局面。

眼看过两天就要军训了，学校安排新生与上一届同学见面，交流感情，沟通经验。江城在这时见到了胡月。

胡月和江城是同一所高中的，比江城高一级。江城在高中也算一号烧包鬼，认识的人不少，可是连胡月这个名字听都没有听过，可见当时胡月并不是什么出名的角色。假期里江城与胡月在社交网站上成了好友，聊过两句，从相册的照片看很是一般，另外还有高中毕业合照，找到胡月之后江城愈发失望。

胡月先跟江城打招呼，江城一愣，叫了声师姐，胡月一笑，就去招呼别人了。江城心想，这大学真是熔炉，女生别的不说，先锻造出一身打扮的硬手艺，而且每年都有新变化，现在的胡月全然不是照片上那个样子，甚是可爱，加之最近刚刚折戟，希望迅速扭转败局，江城对胡月的好感更是成倍增加。

起初江城只是询问胡月一些诸如选课、老师之类的废话，接着悄无声息地转移到了个人情感问题。在得知胡月由于前男友出轨，最近单身之后，两人联络日趋紧密，大有超过几个月前甘州的趋势。

这天两人聊到周边的小公园，江城说他去过，当然他不会说是和羽歌去的，只是说自己瞎逛过去，成功营造出一种可怜而忧郁的气质。胡月大发慈悲，说旁边其实还有个更漂亮的大公园，江城一听，精神抖擞，既然如此，索性一不做二不休，娇嗔道："那师姐有机会可以带我去一下哈，今天好像天气不错，择日不如撞日，要不就今天吧？"在得到肯定答复后，两人相约学校门口见面。

去的路上怕什么来什么，迎面撞到羽歌，江城本想躲避，可转念一想有什么好怕的，就应该自信地看过去，看怕她，反正也不算她甩了自己。想通之后，准备让自己的后背挺得再直一点，正在提气的时候，却发现羽歌早已走过去了好远。江城做了这么多举动，最后也没看到羽歌什么反应，更是不知道现在她心里有没有后悔。这样一想，自己倒是先开始后悔，刚才立即对视一下就好了，何必想这么多，越想越遗憾，背还没挺直，就又垂头丧气，像个弯折的豆芽。

胡月看到他，关心道："怎么，不开心了？"

江城惊讶于一眼就被看穿，"没什么，可能是没睡好吧，有点累。"

"那今天晚上早点睡。要不别去了？"胡月问。

江城一看因为自己的怂样，竟然有夭折了第一次单独见面的可能，立即提神振气，正气凛然道："没什么，咱们去看看，我还没看过呢。"

一个学校的话题自然就多，江城和胡月有很多共同认识的朋友，在这种情况下，江城居然在高中没有听过胡月，可见当时胡月已经被冷落到了什么地步。现在时过境迁，那些共同的朋友早已不知所踪，只有江城和胡月奇妙地相遇。

两人坐在湖边的石凳上，傍晚的风略过湖面，更加清爽。旁边的老人安静地拿着烟，手扶鱼竿，等待着新的战利品。老人家面容慈祥，神态轻松，吐出的烟雾萦绕周围，颇有仙之风范，分明写着"愿者上钩"四个大字。如果不是旁边"禁止吸烟"和"禁止垂钓"这两块老而弥坚的告示板，那么这一定是一张和谐的照片。

胡月娓娓道来她与前男友的种种事迹，落日的余晖洒到湖面，照亮胡月温暖的脸颊，她有时哭，有时笑，有时耐心，有时急切，有时深沉，有时高亢，有时阴郁，有时欢快，有时阳光灿烂，有时暴风骤雨……阴晴不定之中，她愿意跟江城分享自己的经历，自己的感受，自己付出过，自己被背叛。江城不说话，只是默默地附和，静静地倾听，他忽然发觉自己已经没有了思想，被眼前的这个女孩所俘获，她很坦诚，又很可爱，她哭泣的时候自己替她难过，她欢笑的时候自己更加开心，她讲什么并不重要，重要的是，现在自己在认识她，在了解她，和她在一起。胡月慢慢转过脸来，冲他笑。江城略显鬼鬼祟祟抓住胡月的手，她一低头，靠在江城的肩上。

湖面上的游船缓缓靠岸，天色渐渐暗了下来，远处的一盏路灯，忽的亮了。

已经是将去军训的前一晚，江城匆匆找到胡月，把自己的金银细软交给她保管，因为江城相信寝室几天没人是很危险的。回到寝室，整层楼早已大乱，时间临近午夜，依然像是清晨的菜市场，叫卖之声不绝于耳。四个人各自盘算着要带的东西，分工合作，总算是凑齐了所有的必需品，大包小包，倒像是逃难，恨不得宿舍都搬了过去。江城好容易躺到床上，一想到刚独自来学校，又要去个陌生的鬼地方，心里就不由得紧张。尤其是跟胡月刚有个开始，就要分别半个月，实在舍不得，就像是美食馋了一天，结果吃一口就被拿走一样，不甘与愤怒纠缠在一起，未知与担忧凝结成一块。一晚上辗转反侧，没睡几分钟，第二天浑浑噩噩地坐上了去军训基地的大巴车。

军训的目的不外乎培养团队精神。这个学校素来重视军训，还把学生拉到荒郊野岭的军训基地，培养他们艰苦朴素的精神。

江城心有牵挂，无心恋战，像是牢里的犯人，悲催到每天早上要画正字，前几天过得漫长无比。最大的期盼就是晚上躲在被窝里给胡月发信息，由于全神贯注，经常搞到半夜。另一方面，军训基地的厕所为原始式，过于简陋，江城恪守早起的鸟儿有虫吃的训诫，每日早早前往排泄，加上前一晚睡眠不足，训练劳累，几天下来就已经不堪重负，人鬼难辨了。

这晚江城困得已经灵魂出窍，还在和胡月聊电影，随便附和说以后可以一起去看，胡月的回复却出奇地慢。眼看江城就要两眼一闭，这时手机震动，胡月发来信息："去看电影当然好啊，但是我们算什么关系？"

江城顿时清醒，惊觉自己还没有跟胡月明确了关系，那天湖边虽然你情我愿，心有戚戚焉，但是窗户纸依然没有被捅破，可谓名不正而言不顺。江城一想那天胡月的可爱模样，这几天的耐心陪伴，还有什么好犹豫的，迅速回复："你是我的女朋友啊，从在湖边那天开始我觉得我们就在一起了，一起去看电影好不？"胡月回复笑脸，嘱咐江城早早休息，坚持几天就回来了。两人关系确立，由暧昧正式进入热恋，江城电池充满，活力无限，最后几天仿佛有神灵召唤，终日傻乐，日子倒也过得迅速，连正字都不画了。

军训紧接着一周的假期，江城回到学校后立即启程回家，胡月早就订好一起返程的车票，两人久别重逢，似有说不完的话。入夜后车厢光线微弱，大家昏昏欲睡，胡月双目微闭靠在江城肩上，回家的时光变得美好而让人倍加珍惜。

由家返校，世人尽知江城与胡月在一起的消息，然而大家对此却并无太大反应，消息像是流星划过天空，随即就销声匿迹了，至于是否扭转败局根本无从考证。倒是寝室剩余三人动作不断，华清成功勾搭上一师姐，子楼也与班上一个叫王韵子的女生交流不断，江城本来对这两个女生都算稍有觊觎，如今却便宜了这两个家伙。江城自认为条件胜于子楼与华清，心中甚是不平衡。

更为雪上加霜的是，羽歌此时与前男友分手，跟本系另一男生打得火热。此君五大三粗，在江城看来除了身高体重比自己强，剩下应该都比自己弱。羽歌的前男友还能用她的原话"你比他好看"聊以自慰，这次真的眼睁睁输给不如自己的人，打击可想而知，难不成羽歌喜欢条件差的？为什么这样作践自己？江城为羽歌感到惋惜，自己更是情绪低落，连胡月约一起吃饭都推三阻四不愿前往。

景乐近日与外系某女成双成对，然而此女甚是高挑，美艳的外貌遮盖不住离奇的身高，景乐站在旁边好似姐弟逛街。景乐不以为意，始终百般殷勤，万般示好，女生倒也欣然接受，可就是不提感觉如何，还介绍自己的男朋友给景乐认识。

学期进入中段，科目难度陡增，尤其是高等数学与计算机课。江城本在数学方面就低人一等，因而错失更好的学校，如今“低等生物”学习高等数学，着实力不从心。而计算机课更是困难重重，在大多数人还没有电脑的情况下，还要做练习，空有一身蛮力，不解决任何问题。江城和景乐目前又被感情所扰，无心学术，结果自然是无法跟上。

情绪低落的首要表现就是耐心不足，看什么都不顺眼。江城发现胡月在大多数时候的穿着“郊区化”倾向严重，故而为了这个问题已经争吵几次。两人本来根基不厚，江城一心想着扭转局面，结果却发现湖边的胡月一去不复返，不仅身高不足，而且身材欠缺，在此基础上，又不懂穿衣打扮，结果跟羽歌以及子楼、华清的暧昧对象相比败下阵来。胡月败下阵来意味着江城扭转局面的彻底失败，江城更加迁怒于胡月，胡月脾气本来很好，但是也经不住这样的敲打，双方陷入冷战。

景乐虽与高个女的男友相识，但依然死性不改，终日努力，企图力挽狂澜，用真情化解冷漠。怎奈景乐落花有意，高个女流水无情，还一江春水向东流，奔流到海不复回，毫无回心转意的意思，逐渐冷却景乐。景乐备受打击，以复习计算机为名躲在寝室，两眼呆滞，闭门不出。

子楼与华清感情顺利，带动学习积极，高等数学自不在话下，分别还跟自己的暧昧对象四处游玩。时间临近圣诞节，借着平安夜，两人双双表白成功。北京的冬天寒风刺骨，痛彻心扉，二人的脸被吹成了红苹果，每人手上又各拿着一个红苹果，一直到了寝室还止不住地乐。

幸福的男人都是相似的，不幸的男人各有各的不幸。景乐有心无女友，江城有女友无心，一同经历狂风阵阵的孤单平安夜。二人躲在这呼啸山庄里看似心如止水，实则怒火中烧。华清与子楼欢乐之余交流晚饭内容，更是火上浇油。江城与景乐的怒火多得无法扑灭，以互相没有尽到打扫宿舍的义务为由吵了起来，子楼和华清被迫拉架，之后也无心再聊，江城和景乐客观上也就完成了对子楼和华清的报复。由于没有了导火索，江城和景乐也就消停了。

四人早早熄灯就寝，子楼和华清不一会儿鼾声四起，景乐和江城双目紧闭，辗转难眠。窗外风声紧张，星光点点，预示着明天又是一个好天气。

眼看要到期末，大敌当前，江城知道胡月学习认真努力，于是紧抓主要矛盾，迅速调整好与胡月的关系，以和胡月一起上自习为名，让胡月帮助自己复习计算机和高数。胡月本来也没打算和江城冷战多长时间，见江城求学上进，更是求之不得，早早原谅了他，把自己所知道的毫无保留地教给了他。

虽然有了好老师，但是学习的状态却不是能立即改观的，尤其江城蛰伏时间过长，早就忘了如何自习。教室的凳子上似乎盖了磨砂纸，稍坐一会儿屁股就掉层皮，书本又很不友好，江城将心向明月，怎奈明月照沟渠，其中的内容一如既往地佶屈聱牙。除了胡月的耐心讲解，江城还得挑灯夜战。

江城期待春暖花开的日子。

考试成绩不日公布，江城顺利通过计算机考试，更以高分拿下高等数学。此时高中的后遗症还没有完全治愈，江城恨不得逢人便讲，自信心瞬时提高几个档次。景乐无师却不能自通，计算机将将通过，高数高挂在了树上，更加郁闷。自从上次吵架之后，江城与景乐形同陌路，此次看到仇人痛楚，自己的快乐更是成倍增加。

得益于胡月的悉心教导，矛盾被顺利转移，江城眼中的胡月依稀恢复了往日的神采，两人欢声笑语不断，总算有了点恋人的模样，吃饭逛街，不亦乐乎。江城跟胡月逛街的时候碰巧买了些新衣服，江城从未听过此品牌，却又不想给胡月留下“老农进城”之感，只好默默心疼花在上面的大价钱。之后偶然在学校机房上网调查一番，发现此品牌甚是著名，只觉自己井底之蛙，少见多怪。趁室友不在更是数次提前穿上预演，望着镜子里的自己，自我感觉优秀得不行，模拟寒假各种见到昔日同学、家中亲戚的场景，预支体会了一把衣锦还乡的骄傲感。事情一顺百顺，胡月简直就是理想中的伴侣，之前羽歌等女生带来的挫败感一扫而光，局面瞬时被扭转。

年假终于到了，胡月有事先去天津一趟，江城只好自己回家，领了车票百无聊赖，一个人在校园里游荡。想到自己来了一个学期，也没有认真地看过这个不大的校园，实在罪该万死。

北京的秋天短，没有几天就天寒地冻，不得出门了。不过江城更喜欢冬天，尤其是阳光灿烂的无风的日子，世界被阳光分割成两个部分，一部分晴，一部分阴，晴的地方有温暖，阴的地方看光明，呼吸随着吐出的白烟不再虚幻，变得有形。在这样的日子，江城会感觉到自己是真实存在的，这个世界是真实的。回到屋里，看着晒到被子上的光芒，一切都是那么美好。

被子被捂热，面对美好，就要享受美好，最好的办法就是钻进去好好睡一觉。不一会儿江城被手机震动吵醒，一共有两条信息，胡月叮嘱自己路上小心，还有钟情问自己什么时候回家。对于钟情的联络，江城有些纳闷，钟情是自己高中班上的同学，上大学之后也是半年没有联系。不过还是实话实说，回复明早到家，钟情邀请江城有空去找她玩。

江城睡醒后洗洗脸，收拾好东西，前往车站，等候回家的列车。

第二章　双叶

此时的列车还没有提速，江城回家的旅程简直是颠沛流离，夜里既要看好东西，又要忍受车厢的味道。回到家，母亲说他身上味道太重，要他先洗澡。江城只缘身在此山中，而且云深不知处，闻不出来也就懒得搭理，径直回到屋里睡了。

江城的家乡是一个典型的北方小城，据说多年以前这里曾经也繁荣过，不过连年的污染却让此地的空气混浊不堪。经过几年的经济转型，空气好一些了，但是到了冬天还是阴沉沉的。倒不是这里的领导高瞻远瞩，实在是迫不得已，能开采的资源都搞得差不多，再挖就挖到邻近城市了。多种点树虽说也是功绩，可丝毫不考虑树的感受，即便环境恶劣可以锻炼树木的意志，但是也有承受范围，搞了几年，树木换了几茬，每次都弄得树木头发掉光，甚是凄凉。索性也就不管了。小城到处都是秃顶的树，搭配阴暗的氛围和破败的房屋，整个城市流露出一种被抛弃后破罐破摔的萎靡气质。

江城在这里生活了十八年，或者说是没有选择必须在这里生活了十八年。每个人对家乡的热爱似乎都是斯德哥尔摩效应的体现，你无权选择，只是被绑架，却爱上了绑架犯。虽然江城以能够离开这里为骄傲，可也始终没有忘记过这个城市，甚至在快回来的时候竟然有些归心似箭。由此可见，前女友绝对是每一个女人最重要的敌人，即便男人再说她差，心里也依然存有她的位置。男人和日历一样，不能只看表面的符号，虽说嘴上对前女友不屑一顾，可终究还是经不起半点诱惑的。

江城在家睡了一天，吃了两顿，想起钟情给自己发的信息，发信息稍作试探，说：“干吗呢？”

不一会儿钟情回复：“在家呢啊，你回来了？”

“对啊，睡了一天，总算是恢复了，明天有空吗？出来逛逛？”江城实话实说外加直奔主题。

“有啊，什么时候，在哪里见啊？”钟情考虑具体层面。

“上午九点学校门口见面吧，好找，也稍微多睡会。”

“好的。”

细节敲定，江城开始有些担心，自己和钟情的男朋友于近日恢复了一些联络，又算是朋友了，自己联系钟情已属大逆不道，况且他又是学体育的，收拾自己这样的一次三到五个不成问题。这样说来既不道德，又很危险。不过转念一想，短信是钟情先发给自己的，那么必然是跟男朋友出问题了，恋爱中的女生感情好的时候男朋友就是整个世界，感情不好的时候整个世界都有男朋友，因此道德问题的源头也非自己，说不定两人已经分手。倘若两人没有分手，那她更应该先想过保密的问题，因为即便被其男朋友看到，也应该是钟情首当其冲，自己充其量只是个从犯，没道理主谋逍遥法外，而从犯被绳之以法。江城越想越心安理得，不由得憧憬起第二天的场景来，兴奋地竟然难以入眠。

前晚兴奋过度，第二天睡得过头，江城醒来一看表已经将近九点，自己匆忙洗漱，发短信让钟情稍微等一会儿。

隔着马路，江城就看到钟情，感叹大学熔炉再次发生效力，钟情的马尾辫已经变成披肩发，没有戴眼镜，风衣显得身材更加修长，一双小靴子俏皮可爱。总之，人还是这个人，味道不一样了，回想上次见面钟情还是个学生模样，一时间有些晃神。

“怎么啦你，看呆了？”钟情笑着问。

“是啊，刚才隔着一条街就看到对面一个人散发不一样的光，晃得睁不开眼，太好看了。”江城一本正经地说。

“去你的，靠这一套骗了不少小姑娘吧？”

“哪有，现在早从良了，老僧入定，四大皆空了，空即是色，色还是色。”

“说明你还是色？”

“也可以这么说吧。”

两人随便聊几句，算是把气氛打开。小城的早晨祥和安静，学生们还在上课，上班的开始工作，街上偶有几个逃学的小混混和买菜的老太太。由于本市没有大学，所以根本上杜绝了一批像江城和钟情这样的社会闲散青年。

不到十点钟，两人已经逛完了半个城市。冬天的风善解人意，生生把两人的脸吹成红苹果，江城喜欢这种清醒的状态，钟情已经有些吃不消，跟江城提议结束闲逛。

两人找到最近的“美国加州牛肉面大王”就餐。想来这个店也颇具时代特色，当年外国东西刚进中国，瞬间挑动大家崇洋媚外的神经，于是乎连牛肉面这种美国人绝对不吃的玩意冠上“加州”都卖得更好，而英文名更是深深地出卖了这家店——“American California Beef Noodle King”，一一对应严丝合缝，如此工整的翻译，更加说明牛肉面大王的中国血统无疑。而今物是人非，美国闹金融危机，活力不及中国，旁边的兰州拉面生意更为火爆，便是例证。

已到中午店里竟然还冷冷清清，只有几个服务员闲聊天。江城与钟情坐下点餐，看到墙上有电视，江城决定行使上帝的权利，命令服务员打开电视。不料戳到人家痛处，服务员坦诚相待，说由于这几个月生意不好，有线电视费都没交，打开也是雪花，所以他们才只能聊天云云。江城看人家如此凄凉，只好收回“圣旨”，连忙道歉，乖乖吃面。

面的味道还不错，加之出餐快速，按道理讲不应该如此落魄。或许正是因为这挂西餐卖中餐的拙劣计谋被人识破，才造成今天的局面，不过想必当年这点也是此店崛起的主要原因，山不转水转，优势转眼成包袱，真是造化弄人。所以改个名字说不定能有所改观，那么所谓专业人士高价起名，对拉动经济来说应该也是大有助益的。想到这里，江城不禁哑然失笑。

两人吃完美国拉面，也就各回各家了。

江城回到家，既饱且暖，竟有想要学习的冲动，居然看了几页英语书。江城妈妈大惊，不知儿子受了什么有益刺激，诚惶诚恐，赶忙削了个大梨以资鼓励。

晚上雾气弥漫，灰蒙蒙的天空一望无际，月亮和星星其实就在那边，只是看不到而已。

农历新年过后，紧接着就是情人节，江城赶忙去买了巧克力，约胡月在郊外度假村见面。

之所以约在郊外度假村，并不是江城良心发现，力图提升档次，而只是害怕城内狭小，恰巧被以前的同学看到。想来自己上了半天大学，女朋友竟然没有跳出小圈圈，依然是当年高中的师姐，着实没有面子。况且家教严格，两人都没法夜不归宿，白天度假屋的茶社里温暖宜人，价钱也很亲民。

胡月只知结果而不知动机，欣然赴约，看到巧克力更是合不拢嘴，微微责怪江城："我还以为你忘了这天呢。"

江城赶忙表明态度："怎么会呢？不说又不等于不做。"

两人点了一壶茶，聊七聊八一下午，晚上一块儿吃了自助火锅，度过了这稍显平淡而又美好的一天。

转眼假期即将结束，江城提前返回学校。时间还早，北京刚下过雪，相比路面上早被蹂躏的残花败柳，学校内地面的雪可谓风华绝代。

江城将踩在毫发无损的雪上称为“处女踩”,他喜欢这“咯吱”的声音。学校里人迹罕至，江城一路上“寻花问柳”，不亦乐乎。回头看看整条通往寝室的路已经无处幸免。江城气喘吁吁，吐出的白烟将他围绕。冬天是真实的。

天气阴沉，回到寝室竟要开灯，之后居然看到景乐平躺在床上，江城大吃一惊，以为是具死尸，差点报警。死尸见有灯光，随即诈尸，一下坐了起来。

江城提早返校，名为学英语，实则测试新电脑。本以为能过几天一个人的日子，不想被景乐打破全盘计划。

两人旧恨未了，依然互不理睬。休息一会儿，就各自吃饭去了。

下午江城开始学习。

回到寝室后，景乐正在宿舍。两人相对而视，沉闷的气氛让人窒息，江城道行不够，率先打破僵局，跟景乐搭讪：“怎么来这么早啊？”

景乐听到人话，魂魄归位，立即作答：“在家里待着烦，我在家一个星期一定吵架，比你还早来了几天，你怎么也来得早？胡月来没？”

“她没来呢，我就是怕跟她在我们那儿见面才早过来的，我家人不让我谈恋爱，城市那么小，目标太大，危险。”江城避重就轻，胡扯一通。

“这样啊，那你家人也跟你吵？”

江城本来说的就是瞎话，要圆谎难上加难，只好转移话题，“嗯，就是不停地烦，其实也没什么，你为啥在家里待着烦啊？”其实江城的父母由于没上过大学，几乎什么都是听江城的。

“我都上大学了，还那么看重学习成绩，回去还让我给他们看上学期的结果。你也知道，我高数挂了，他们见有不及格，跟疯了似的，跟我说谁谁谁学得多好什么的。”

“那你跟他们说说，其实拿到学位证就行啊，一门不过又没什么影响。”江城有点不敢相信竟还有这样的家长。

景乐不理会江城，接着说：“其实我一直想学法律，他们觉得考公务员好，这个学校也不是我报的，来了也没什么办法，我复读过一年，也就断了回去再考的心思了。反正他们就是对，他们想上，他们来上啊。”景乐的声音越来越大。

江城劝景乐，家长也是为了自己好，景乐默不作声。

两人又聊了聊班里的其他同学，同时表示对于子楼和华清能够找到归宿的不解。江城见两人已有共识，景乐虽脾气不好，但人却不坏，决定彻底化解尴尬：“那个，景乐，上学期，嗯，不好意思啊，我那段时间和胡月吵架，心情不好，你别当回事了。”一句话被江城搞得支离破碎。

景乐摆摆手，意思是提那个干吗，居然脸都红了。

两人这几天化敌为友，深入交流。江城把钟情的事情告诉了景乐，景乐略表羡慕，也提示他不要走得太近，小心生命安全。至于那个高个女，景乐说他已经死心，再无牵挂。

华清和子楼不日返校。冰雪消融，迎接新的春天，大家都为新学期做好了准备。

江城本学期加入了学校的一个公益社团，主要的任务是陪伴孤寡老人。江城假期回家，猛然发觉自己的奶奶又老了很多，奶奶带大江城，没什么文化，只知道江城去北京上学，念叨着江城有出息。奶奶耳背，江城说什么有时也听不清，他索性也就不解释，找钟情之余陪奶奶在屋里晒太阳。奶奶稍微说点老年间的事情，看着江城乐。阳光打在老人家布满皱纹的脸上，江城想着奶奶一生坎坷，老了就希望自己陪陪她，自己却有心无力，好几次眼泪都快流出来。

学校周边的天桥上也有几个老奶奶售卖自己做的小玩意儿谋生，江城虽说每次都买几个，但是感觉于事无补，于是加入社团，希望能弥补自己的遗憾。江城与吴昔分到一组，在周末陪伴一个姓王的大爷。

吴昔脸极小，虽说形容奇特，但是皮肤甚好，吹弹可破，笑起来像是漫画里的瓷娃娃。江城本来对这个型的女生不是很有兴趣，但是自己新近入会，也不好有怨言，勉为其难和她约好，周六去见大爷。

两人在公交车站见面，却相对无言。

第一次到大爷家里，两人竭尽所能跟大爷聊天，三个小时过得比三年都长，两人搜肠刮肚把所有的共同语言都聊尽了，还好吴昔有事需要先走，才避免了两人因声嘶力竭而困倒在此。

回去的路上江城愁云密布，思考以后如何对付这每周都要面对的漫长下午。吴昔开辟新话题：“听说你女朋友是师姐啊？哪里人啊？”

“哦，和我一个地方的，我们同一个高中。”江城明显不愿触及这个话题。

“很漂亮啊。”吴昔看起来真诚的样子。

“哪有啊。”江城喜形于色，满脸堆笑。“对了，还没问你晚上有什么事情呢？”

“上自习啊，看英语。”

“看英语？！”江城觉得自己听错了。

“对啊，看英语是我的乐趣啊。”瓷娃娃开心地回答。

“乐趣？！我的妈呀。”江城觉得自己精神分裂了。

吴昔说她从小就喜欢看英语，觉得英语说起来很漂亮，自己未来也要去国外继续读书，所以才参加社团，丰富经历。

两人在校门口分别，吴昔去自习室学习英语，江城回寝室。看着吴昔的背影，江城心想，这人真是奇怪。

江城在楼道看到子楼，正想打招呼，发现子楼拿了根烟点着抽了起来。江城心里虽有些跃跃欲试，但似乎潜意识里认为抽烟的不是什么好人。正想离开，却被子楼叫住，只好硬着头皮过去。

“你抽烟啊？”江城的表情略显僵硬。

“对啊，宿舍不能抽嘛，就出来了，上学期还能忍住，这学期就不行了。来一根？”子楼伸手把烟盒递给江城。

江城稍显尴尬，连声叫不，表情好似被凌辱。

子楼哈哈大笑，两人闲聊几句，一根烟的时间后，双双回到寝室。

此时花已开却未春暖，江城与胡月相约植物园赏花，子楼和韵子去远郊赏景。江城特地梳妆打扮，看外面阳光灿烂，决定启用薄外套与衬衣的组合，尽显简约风范。头发以发蜡固定，展示青春气息。不料有阳光和气温高是截然不同的两回事，世界被分成了一部分晴，一部分阴，吐出的白烟让江城冷得真实。

胡月责怪江城，春寒料峭，怎么能如此头脑发热。江城嘴硬不愿认错，修改自己设计的形象，只说自己是因纽特人转世，守得住冷、耐得住寒，各种低温均无压力。

江城一路上瑟瑟发抖，专挑晴的一部分行军，为了不露馅，连打喷嚏都背地里偷偷打。除了偶尔给胡月照几张相片以外，核心任务变为寻找阳光。

下午太阳落山早，才刚四点世界就失去了光亮，阴风阵阵，寒气森森。江城实在难以招架，匆匆结束行程返校。开的鲜花，也就真是一点都没看到。

回到寝室，江城被春寒撂倒，真正头脑发热，体温迅速蹿升到三十八度，一连两天出不了门。胡月刀子嘴豆腐心，一边继续批判江城不仅冒进脱衣，而且死不悔改嘴硬到底，一边依然定时给江城送饭，关怀无微不至。江城自知理亏，毫不辩解，只觉胡月一心一意对自己，自己却三心二意，实在罪该万死，化悲愤为饭量，每次都吃了个干干净净，转眼间成了二师兄转世。

两日后，子楼雄姿英发凯旋还朝，江城小病初愈，特地到宿舍门口迎接。

子楼在楼道给自己点一根烟，顺手将一支烟递给江城，江城犹豫一下，却决定接受。因为自小观察的经验来看，抽烟有害健康不很明显，却可以彰显风范，或者说可以快速彰显廉价风范。江城决定安放自己无处藏身的叛逆思想，香烟被子楼点燃。

子楼、江城二人讨论热烈，不一会儿就烟头遍地。当然由于江城抽烟的象征意味，多数香烟其实被浪费了。直到弹尽粮绝，两人方才结束讨论。

江城前往烟酒超市购买战略储备香烟。然而绝大多数香烟价格略显昂贵，江城犹豫不决。正在准备放弃之时，江城感受到了一个绿白相间的盒子以及它所带来的淡淡薄荷清香，江城认为此烟低调中暗含奢华，纯白的烟身简洁大方，淡淡的薄荷气质高贵，甚是满意。当即购入两盒，耗资五元整。此烟名曰："双叶"。

此后江城终日与双叶为伍，一早醒来上厕所自不必说，要以薄荷清香驱散异味，日常生活更会频繁品尝。景乐与华清由于家人有吸烟恶习，认为名曰香烟实则臭烟，唯恐避之不及。子楼与韵子打得火热，通常只在晚上回来就寝，宿舍好似旅馆。楼道角落成为江城的独角戏，形单影只、茕茕孑立，但江城乐在其中，故意做沉思状。江城的独角戏日渐深入，每天都有固定的自恋时间。

窗外的树叶渐渐变绿，阳光也变得和煦。

江城与吴昔依然坚持每周去大爷家，吴昔想到了为大爷做菜的方法消耗时间，一试果真有效。虽说二人厨艺有限，不过好在日渐长进，况且相比速冻饺子，大爷也是极为满意了。

吴昔性格开朗，尤善讽刺挖苦，各种话题均不避讳。江城本来平时压抑得厉害，好容易找到一个合拍的，自然敞开心扉。两人一唱一和。

说着到了大爷家，这天给大爷做豆腐吃。两人做菜不忘斗嘴，冷清的屋子顿时热闹。大爷被感染，笑着说你们小两口注意安全，别割着自己。吴昔急忙撇清："谁跟他小两口啊？"

"对啊，大爷，我啊，一直单身着呢。"江城也不示弱。

大伯笑得更灿烂了。

江城就坡下驴，说："我宁可犯罪，反正也不想跟她在一起。"

吴昔一脸无奈，不住地白眼江城，江城不为所动，越笑越大声。大爷搞不清楚状况，不过看两人开心，也就一起乐了。

几只麻雀落在大爷家的窗台上，寻找可吃的食物，不一会儿就飞走了。

两人跟大爷告别，大爷送两人到家门口，嘱咐他们下周可以早点来。江城满口答应，跟吴昔匆匆离开。

“大爷一直看咱们呢，你也不回个头？”吴昔问江城。

江城微笑一下，默不作声。他不太敢看这种场景。

两人照例在校门口分别。江城在楼道与双叶共舞，唱了一小出独角戏，接着约胡月一起吃饭。

在大学里有三个奇怪的考试，它们分别是大学英语四级考试、全国计算机二级考试以及汉语普通话水平测试。三个考试具有一些相同点：第一，大家都在考；第二，大家觉得很有用；第三，大家仿佛都在认真复习；第四，大家在考前普遍觉得比较难，还会因此紧张；第五，大家考过之后劝别人都说很容易。胡月最近适逢英语四级与计算机二级考试前夕，正处在上述第四条状态中，精力被转移，与江城互动不足。

两人匆匆吃过饭，在校园闲逛，共同的话题基本聊光，加之现在胡月因为两门考试魂不守舍，自然沉默以对。

对比下午跟吴昔的无话不谈，江城有些失落。

“怎么了，不开心？”

“没有啊，那个，江城，咱们一会儿早点回去吧，我想去看看书。”胡月忐忑地问江城。

江城一听就有些恼火，变本加厉地说：“好啊，那咱们现在就回去吧。”

胡月反应稍显迟钝，没能察觉江城的心情，还认为他善解人意，高兴地亲了一下他。

江城强颜欢笑在女生宿舍门口与胡月分别，落寞地走回寝室。一只白猫从他身后经过。

回寝室后，江城先用一根烟的时间自恋，景乐虽然好心地邀请江城一起与本班女生联谊，但江城依然毫无兴致。

下午景乐没有去自习，晚上回去一聊才知道，景乐高中喜欢的女生来北京游玩，突袭找他，于是就乐不可支地去当免费导游了。华清说景乐贼心不死，死灰复燃，景乐说自己心如止水，水波不兴。子楼加了个横批，说景乐就是闲的。景乐大笑，忙不迭发短信询问女生第二天的行程。

胡月第二天将赴外地考试计算机，约江城做短暂的告别。

两人在学校旁的小公园散步，清凉的晚风驱散了两人的疲惫。

夜虽静但并非无声，人虽好但并不如梦。

吴昔从泰国游玩归来，给江城带了人妖的照片，江城责怪吴昔不懂自己，里三层外三层裹得严严实实，看不到人家的内在美。吴昔笑着说：“只怕你看了里面就没了兴致，还是给你留点悬念吧。”江城一听马上改口，又夸吴昔不仅勇气可嘉，而且善解人意。

胡月考试顺便回家，离开约一周时间。江城被放羊，看似自由实则落寞。这学期的科目全部属于朗读背诵型，一起推到考试前一周，平时连学习都省去了。

吴昔自习过火，约江城晚上闲聊，江城立即赴约。江城提议离开本校，去周边学校闲逛。虽然两人并非焦点，也断然是无人说闲话的，但江城还是小心躲闪，生怕落下口实。很多人自我感觉优秀，觉得天生是人群中心，自己的一举一动都会被旁人监控，然而事实上也只有自己才把自己当回事，按尼采的说法就是，大多数人自己的事情都忙不过来，没工夫故意使坏。江城间歇性地属于这种类型。

江城白天睡觉，除去偶尔上课，与吴昔见面以外，日子倒也过得充实。

胡月不日返校。

胡月已经是第二次参加计算机考试，第一次由于准备不足未能通过。此次特地赴异地赶考，可谓破釜沉舟，谁料时运不济，抽到极难的题目，怕是要再次折戟、凶多吉少。

考试不佳自然心情低落，更何况同一个地方跌倒两次。胡月约江城小叙，原本希望能求得安慰，不想江城并不理会自己的考试。

胡月大失所望。

江城觉得胡月不解风情，小题大做，胡月认为江城自私自利，薄情寡义。两人再次陷入冷战。

社团即将举办以文艺表演为主的年度表彰大会，江城和吴昔帮忙准备。开演这天正在布置场地的间隙，江城躲在角楼里吃盒饭，吴昔凑过来坐在旁边，不说话只是看着他。

江城觉得奇怪，问道："是不是觉得我太好看，嗯？"

要是往常，吴昔一定说江城智力障碍，妄想成狂，要他去医院，今天却反常地只微笑不说话。

江城摸摸吴昔的头，"不热啊，要不是吃错药了？怎么突然温柔起来了，不习惯啊。"

"江城，我忍了挺长时间的，我觉得我喜欢上你了。我，其实还没有喜欢过什么人，我也一直觉得自己过得挺好，一个人挺好。可是我现在却想每天跟你在一起，特别奇怪，不见你就有点想你。我，我知道你有女朋友，不过没关系，我可以等的，你有时间陪陪我就行了。反正你知道就好，我说出来也就开心些了，什么结果我都能接受，你想想告诉我就好，对，就是这些了。”吴昔严肃得有些僵硬。

江城本来以为那句“我忍了挺长时间”之后接的是“你是个王八蛋”之类的，不想却是冲击力更强的一段话，江城有些眩晕。

“你容我缓缓，我有点晕。”江城难得跟吴昔说句真话。

吴昔答应江城。两人连领奖都差点错过，节目更是一点没看，一晚上都在角落里东扯西扯，晚会组织者一度以为把两人给丢了。

江城心神不宁地回到寝室，见子楼在楼道抽烟，迫不及待地询问子楼的意见。子楼一针见血，让江城遵循内心最冲动的想法。江城潜意识里其实早有倾向，准备学习电影经典桥段，狠狠掐灭烟头，做出决定。不料子楼最后悠悠地补了一句：“我知道你喜欢吴昔，但是我感觉胡月对你更好。”子楼一席废话，正负相抵，等于没说，江城再开一盒双叶，让子楼回去早点休息。

其实决定若已做出，思考不过是一个合理化的过程。人一旦先有了观点，自己再找证据，那么找来找去也只能强化观点，而不能改变观点。江城抽到口干舌燥，还是决定给吴昔发信息，说想跟吴昔在一起，至于女朋友的事情，让吴昔等一等。吴昔守候半天，立即回复，让江城早点休息，少抽些烟，自己等待也没有关系。一切尘埃落定，楼道的角落被烟雾笼罩，模糊了窗外的月亮。

翌日江城和胡月冷战依旧，但阳光却显得更加明媚。傍晚吴昔给江城发信息：“虽然有点奇怪，但是我想你了，不过今天还是别见了，见了我怕自己就不想上自习了。”

江城躺在床上傻乐，吴昔又发信息让江城取她放在宿舍楼前台的水果。宿舍四人分而食之，景乐吃人家的嘴短，夸吴昔身体粗而心眼细，值得交往。江城不气反乐，多给了景乐一个香蕉。

夜晚雾气重重，不见繁星，似乎要下雨了。

第二天下午江城躲在屋里正纠结上课与否的时候，吴昔发信息叫他楼下来见，江城以为又有水果可吃，兴冲冲下楼。

见吴昔板着个脸，以为她受了委屈，刚想询问，不想吴昔倒先开口了。

"江城，我想了想，实在对不起，我觉得我还是喜欢一个人的生活，这几天我很开心，可是也觉得很奇怪，我，好像不太习惯，谢谢你能陪我。我知道你现在特别想打我，你想怎么都可以的，真的很对不起，那个，我们还是做回朋友吧。"吴昔平静地说完。

江城目瞪口呆，大脑一片空白，此时天虽不晴，却有霹雳。立在原地，足有半分钟。稍微缓过来，突然发觉吴昔给了一个很好的建议，伸手便要给她一个巴掌，吴昔站在原地，不避不躲。

江城把手放下，眼神绝望，做最后的挣扎："你不是开玩笑吧？"

吴昔不说话，只是缓缓摇头。江城头晕目眩，但理智还在，挥挥手说："你快走吧。"

吴昔眼中划过一丝不安，空留一个背影给江城。一滴雨打在旁边的树叶上。

接下来的日子江城闭门不出，胡月以为江城还在生气，让子楼跟江城转达自己的道歉。子楼夹在中间不好做人，让江城早做了断。

虽然胡月并不知道整件事情，理论上江城可以当作什么都没发生。

但江城虽有理智要控制感情，感情却不被理智控制。即使勉强出门与胡月在一起，脑子里也全是吴昔，痛苦至极。江城也自知对不起胡月，决定将身上的两份痛苦减为一份，告诉胡月真相。

胡月得知事件来龙去脉，虽痛苦但竟原谅江城，说人难免一时冲动，依然可以回到过去。江城却清楚破镜难圆，即便勉强粘合也是裂痕累累，故意冷落胡月，让她先提分手。

胡月扛不住，给江城发信息："我运气不好，同样的事情经历两回，只是给你织的围巾才到一半，觉得自己很傻，我们分手吧。"江城看过如释重负，想来此时胡月应该已经泪如雨下，自己却流不出泪来。

他不清楚为什么会是这样。

转眼又到周末，应该是和吴昔一块儿去看大爷的日子。江城觉得应该给大爷一个交代，纠结半天，还是出门了。

到了大爷家，大爷自然先问吴昔怎么没来。江城闪烁其词，只说她马上要出国了，事情很多，让自己替她跟大爷道个别。江城又给大爷做了豆腐吃，只是这次屋里冷清许多。

之后江城跟大爷道别，说自己也要开始忙了，但是会有下一级的同学接替自己陪他，让他不要担心。

大爷叹了口气，只说年轻人学习要紧，他一把年纪了，自己过得也挺好，慢慢从椅子上起身，拿出两个本子，送给江城。"你和小吴一人一个，我也没什么东西能送，你们好好学习。虽然忙，但是有空还是可以过来看看啊，直接来就行啊。"江城点点头。

大爷执意把江城送到小区门口，看着江城过了马路。江城摆摆手，示意让大爷回去，大爷只是伸长脖子、皱着眉往这边看，好像定住一样。

大爷应该慢慢就记不得了，而自己怕是也不会再来了吧。江城看着大爷默默地想。

这几天北京阴雨连绵，时断时续。吴昔参加学校的一个选秀活动，一时成为学校里真正的中心与焦点。江城躲在屋里上网，捂得都快发霉了。他既想看到关于吴昔的消息，又怕真的看到。尤其现在吴昔幸福向上，自己萎靡低沉，落差、愤恨、不解与怀念凝结成巨大的心痛，压得江城喘不过气来。

江城给吴昔发过数条短消息，吴昔除了回复一次，说喜欢你也是真的，不喜欢你也是真的之外，铁石心肠一概不回。胡月也给江城发过几次，江城心肠更铁，一条都没回。

江城除了考试就是蜷在屋里看吴昔的消息，考试过后大家陆续回家。

雨水打在窗户上，这个城市变得有些凉爽。窝在抽屉里的一盒双叶受了潮，怎么点也点不着了。

第三章　纸条

大学的夏天本是及时行乐的最佳时期，正是“少年不知愁滋味”。有个理论大致是说，越期望得到什么结果，就越容易得到什么结果，因为期望而带来的努力会加大得到的概率，简言之就是想什么来什么。这可从一定程度上解释为什么很多大学的恋情都发生在夏天。尤其在北方，冬天大家裹得严严实实，不仅外貌难以表露，连真情也被冰冻，大家终日躲在宿舍里，除了上课就是冬眠，连个人影都见不到，恋情更是无从谈起。

江城偷鸡不成却反蚀把米，辜负这大好的夏日，与吴昔的恋情在进入三伏前就荒谬地结束，可谓来也匆匆，去也匆匆。江城对吴昔由爱生恨，怀念进而全部消失，只觉得吴昔可恶至极。

所谓相由心生，心里想什么，表现就是什么。江城恋爱中喜形于色，上蹿下跳。而今时过境迁，悲从中来，不可断绝，而且此恨绵绵无绝期，整日唉声叹气，除了吃就是睡。江城母不知个中缘由，只觉得儿子丢弃了优良传统，寒假还好好学英语，一副未来社会栋梁之材的模样，这个暑假一眨眼就变成了社会的负担，不由得唠叨几句。江城越听越烦，索性借火吵了起来。家里霎时剑拔弩张，兵戎相见。江城母一气之下不给江城做饭，江城虽然厉兵秣马，但也马瘦毛长，渐渐支持不住，最终只好主动认错乞讨些食物。

江城依然孜孜不倦地在家了解吴昔的消息，子楼发信息询问江城的情况，江城强颜欢笑说自己没什么大碍。但一个人如果会常常把一件事情挂在嘴边上，那么事实上极有可能是相反的。江城恨不得逢人就说已经走出来了，其实是越走越深，上网也只会看着有关吴昔的消息发呆，踌躇要不要给她发短信。

学校校庆，要搞大表演，突然要求整个二年级全部参加。表演先训练两个月，如果去则有些许薪酬，不去则评优无门。此时正值红日当头，人可被轻松烤熟，江城虽不想去，但嘴硬而心软，想到评优随即妥协，不日逃离小城。

江城母与其子尽释前嫌，请假送儿子去车站，站在炽热的阳光下目送江城。江城被阳光晃得不忍直视，心中更是自责万分，招呼母亲回去。江城母不为所动，直到大巴车渐渐消失在路的转角。

江城后悔自己跟妈妈吵架,一共只回来几天而已,实在不孝。然而,人总是在失去后才知道珍惜，后悔自己当初的举动，但如果真的重来一次，大多数人还是会一如既往，至于后悔时许下的承诺，也就随风而逝了。原因不外乎失去时短暂而拥有时长久,失去时后悔自责被浓缩,自然味道强烈，若真有重来的机会，感觉随即被稀释到每一日，也就索然无味了。好比江城想如果现在能回去,整个假期要和家人欢声笑语,百分百地对父母好，但果真是如此，吵架依然会继续，想法是百分百地不会实现的。

整个年级几乎都和江城心态类似，在一片责骂声中乖乖返校，由此可见叛逆的人毕竟是少数。江城辗转得知吴昔由于生病无法参加训练，眼不见为净，悲伤减少。

其余三人业已归位，华清莫名其妙地与师姐分手，理由是师姐对他太好，让他无所适从。这简直是活脱脱地炫耀。师姐自然不甘心，华清东躲西藏，大部分时间窝在宿舍，听江城诉说心路历程。

华清分手却不伤心，江城恨铁不成钢，默念好白菜都让猪给拱了。师姐人好华清却不珍惜，若是换了自己，一定不是这样。江城心里乱开空头支票，却也开心华清跟自己是同道中人，算是受了情伤，不仅敞开心扉，还把华清迎接进来在里面住下，用心招待，一五一十地向华清倾诉。华清礼尚往来，把自己的事情也和盘托出，两人你来我往，不由得关系近了许多。

“我觉得自己一个人也挺好，自由。接下来该好好学习了，得对得起我的名字。”华清说。

“名字？”江城疑惑。

华清说家人从自己小时候就期望殷切，加之自己的姓氏还算到位，故而起名“华清”，希望他能考上清华。自己也是一直以来成绩出类拔萃，但是高考小有失误，与理想失之交臂。接下来准备莫谈感情，专心考研，实现家人的理想。

江城惊叹于华清的远大志向，此时离考研还有近三年，好似壮年挑墓地，实在是未雨绸缪过头，而且华清连“地段户型”都已经挑好，只等“火化”后“入住”。江城感叹他哀莫大于心死，已经看破红尘，不如早早出家了事。

“出家也得等到考上再出家。”华清意志坚定。

子楼与韵子琴瑟和鸣，为了能够早日见面，更是早早先于学校规定日期返校。夏季烈日炎炎，宿舍又很配合地没有空调，客观上培养了同学们艰苦朴素的精神，淬炼了他们的意志。这天子楼回到寝室已经临近午夜，剩下三个人被天气感化，意志顽强得快要溢出来，毫无睡意。

景乐与班上其他女生关系甚笃，得到小道消息一则，“听说韵子家里是高官，你小心点啊，别弄出什么事情来，要不我们几个也得遭殃。”

“她妈妈好像地位挺高，不过也不跟我说，我也没想问，要不显得自己好像憋着吃软饭似的。你们也是闲操心，出事了也是我一人当啊。”子楼正气凛然。

“对啊，我们也是从犯，你可悠着点，千万别弄出事情来。”江城说。华清也笑着表示同意。

“不过子楼你小心点，你们始终是门不当户不对，肯定困难重重，还是得有些打算吧。”华清显得比较理智。

子楼也收起笑脸:“唉，这个我也想过，跟家里也说了，能成就成，成不了就算了，我也看得开。只是喜欢却不好好在一起的话，我怕我后悔，这个只能走一步看一步了。而且我回老家的时候，顺便找了个老先生给看了一下，人家说子楼和韵子都有‘子’，而且一前一后，承前启后，双子合璧，是注定有缘在一起的。”子楼倒是很认真。

“这个我也会,怎么不说你人前马后、空前绝后呢？”景乐笑出声来。

“你才绝后呢！”子楼边笑边生气。

四人再聊几句，也就各自睡去。

夜深，冷月无声，而蝉鸣阵阵。江城梦到和吴昔一起去大爷家，走着走着吴昔却不见了，自己心急如焚，猛然惊醒。坐在床边良久，电扇的微风驱不散炎热的气息，自己越想遗忘就越不由得想起。江城躺在床上看着天花板发愣，听到子楼幸福的鼾声。

由于学校准备不够充分，训练推迟两周，大家怨声载道，大骂学校只想着先把学生骗过来而不顾学生死活。不过学校胸有成竹，平静地通知各班同学：学校也有难言之隐，下次日期不会改变，大家这段时间自便，学校也会组织一系列活动让大家放松，但是如果不来训练和表演，不仅没钱可拿，评优依然没戏。学生们本就不团结，如今又被抓住把柄，小闹几天也就偃旗息鼓，乖乖就范了。再过几天，竟然有同学说学校组织的看电影之类的活动还挺有意思的。

江城寝室四人各怀鬼胎，并没有再次回家。子楼与韵子依旧形影不离，而且神龙见首不见尾，在学校销声匿迹。华清流连于自习室与图书馆，着手准备考研事宜。景乐精神错乱，似有从良迹象，向华清请教如何学习，时常随其出入于教学楼。江城只是不愿回家，所以留在学校，如今虽有了回家对父母好的机会，江城却已经忘得干干净净。

此时吴昔业已痊愈，顺利返校，江城随即后悔自己不回家的决定，除了偶尔去游泳以外，足不出户。然而躲得过初一，躲不过十五，想什么来什么。江城傍晚去游泳的路上迎面碰到吴昔，还好早有防备，微乱方寸之后立即视若无睹，吴昔却看着江城，作势要说话，见江城径直走开，也就作罢。

江城时隔多时再次见到吴昔，心不由地猛跳，然而区别于恋人的小鹿乱撞，此时江城心里是“饿狼传说”，恨不得把吴昔给吃了。江城想借运动发泄，游了几圈就已筋疲力尽，刻骨铭心的仇恨随即转化成遮天蔽日的痛心。江城匆匆收拾回去，趴在床上睡死过去。

一会儿被短信吵醒，社团同人说学校不日将举办社团展示，填充大家空档的时间，故而需要江城前去帮忙绘制宣传板。

学校的社团多如牛毛，一年到头“百团大战”，相互竞争十分惨烈。当今“人心不古”，敬老本就冷门，社团人丁不旺，目前又恰逢成员四散,更是少得可怜。绘制宣传板的任务落在了几个“留守儿童”的肩上。江城负责写字，负责画画的叫苏幕。

大家平日各忙各的，见面机会不多，绘制过程一片死寂。江城后悔至极，字也写得七扭八歪。苏幕画完了躲在江城旁边，也不说话。

江城看苏幕站在旁边，决定打破尴尬气氛：“画得很漂亮啊，只是我这字丑了点，搭配起来不好看啊。”

“哪有，你写得也很好看啊，而且本来在展板上就不好写的。”苏幕倒是给江城找好了台阶。

“是不太好写，之前都没怎么见过你，你是和谁一组的啊？”江城从台阶上滚下来，赶忙开辟新话题。

“咱们其实见过的，晚会的时候我看你忙了一天，躲在角落里吃东西，你可能没注意到我。”苏幕眼神有些闪烁。

“哦，这样啊。”江城感觉冷落了苏幕，愧疚之余也无言以对，只好旧话重提，问：“那你和谁一组啊？”

“我来得比较晚，大爷大妈都被分光了，一直也没有机会去陪一下，所以现在就来帮忙画画展板。”

“居然大爷大妈的供应量不够啊？”江城简直有些震惊，他一直认为是参与的学生过少。

“是啊，可是后来坚持下来的挺少的，好像有几组只去了两个星期就顶不住了，你们怎么弄的啊？坚持那么久？”苏幕认真地问。

江城顿时来了精神，跟苏幕解释刚开始如何聊天聊到生不如死，之后如何柳暗花明找到做菜的办法，最后如何提高技艺，自己现在都能做熟不少菜了之类的。

“这个办法不错啊，你想的？”

“不是了，是我的搭档想的。她有点奇怪，后来因为有事突然不去了，我也没法去了，挺对不起大爷的。”江城心里一疼，竭力避免这个主题，吴昔在江城嘴里既没有名字，也不负责任，江城心里平衡一些。

“那是有点不负责任，是那个长得有点‘奇特’的女生吗？”

“对，对，就是她。”苏幕一连点出吴昔两点不足，江城颇为满意，连声叫好。

两人的任务都已完成，站在墙边随便瞎扯。苏幕微笑着附和江城，江城好容易有了听众，如今又倾诉欲强得可怕，差点把毕生所学倾吐而出。苏幕话少，只是笑笑，在略显幽暗的灯光下更加显得妩媚动人。剩余的几个人不住地咳嗽，说他俩有碍风化，让这些单身的人情何以堪。两人似有默契，只是不住地冲他们笑。

临近午夜，两人留下号码各自回去，睡前江城收到苏幕的信息："跟你聊天好开心的，晚安。"江城同样的内容回复，有种说不出的高兴。

是夜无月，做好的展板孤零零地站在校园里，它出来得有点早了。

翌日天空果然阴沉，江城决定既不增加碰到吴昔的概率，又不辜负这晦气的阴天，刚刚进食完毕，就蒙头而睡。下午气压降低，渐有雷雨之势，江城被压得越睡越沉，正当将要灵魂出窍之时被手机震醒，苏幕问江城"你在干吗？"

有人把"你在干吗"与"我想你"对等，江城见到短信，同样也想起苏幕与昨晚，但实质上是被动想起，与这个等式的定义不符。于是江城记吃不记打，直接跳过反问"你在干吗？"的阶段，回复道："刚才在睡觉，梦到你了。"虽然此种回复在羽歌那里有惨痛的教训，但江城隐约认为这次结果会有不同。

江城的预测灵验，不一会儿苏幕回复："呵呵，过来一起上自习吧。"虽然又有人认为"呵呵"与"你滚吧"对等，但是苏幕的这条信息，明显不是让江城滚开，即便是滚，也是滚过来的意思。江城听从内心召唤，准备立即滚过去。然而巧妇难为无米之炊，江城不仅无"米"，还是个"懒妇"，情急之下顺手拿起华清的英语四级单词书出门。

辗转来到自习室找到最后一排的苏幕，江城不由得感叹幽暗的灯光与白皙的皮肤一样，都是可以遮蔽很多东西的。昨晚的环境下，苏幕二者兼备，颇有些女神降临的意味，今日灯光恢复，加之长裙到学生装的转变，致使苏幕美貌程度锐减。苏幕见江城过来，露出淡淡的微笑，招呼他坐下。

江城此时全然没有了发信息时的骚气，显得谨小慎微，动也不是，不动也不是，见苏幕认真读书，想到自己也非空手而来，随便翻了一页，看着单词发呆。

苏幕见江城专心于四级单词，示意自己能否看一眼，江城忘乎所以，大方地把书给苏幕。苏幕翻了几页，直夸江城看得认真、记得仔细，江城幡然醒悟，慌忙把书抢了回来，嘴上说："哪里！哪里！"心想华清这人每本书首页都写个名字，被人赃俱获就麻烦了。

两人分别看书，表面看似波澜不惊，实则内心翻江倒海。只是两人处在熟识与陌生的边缘，都有更进一步的紧张。苏幕恰好看完一章，提议把书放回寝室后出去逛逛，江城求之不得，满口答应。

天气阴沉一下午，却毫无进展，只是持续酝酿，颇似便秘的痛楚。江城走出寝室楼已经不由得汗流浃背，远远看见苏幕，强颜欢笑，加快脚步。

两人往旁边的公园走去。对江城来说，这条路上的一草一木皆有回忆，尤其与吴昔的回忆还历历在目，不由得百感交集。

两人杂七杂八聊一些，在公园的长凳坐下。苏幕沉默一会儿，说："其实我注意你很久了，上个学期就看到你，不过你一直也没注意到我，不过没关系啊，我跟你说了就很开心了，也就没什么遗憾了。"

苏幕的话暗合了江城心中的猜测，这正是让他手足无措的地方。

江城隐忍不住自己的想法，含含糊糊地说他现在还想一个人。苏幕满脸绯红，转瞬梨花带雨，抱住江城，边哭边说些什么。江城只是模糊地听到苏幕觉得自己什么事情都做不好，平时不开心，但今天又很开心之类的。苏幕的眼泪流在江城的肩膀，浸湿他的衣衫，江城的肩膀越来越湿，他抬头一看，这是真的下雨了。

江城慌忙将苏幕送到寝室，挥手与哭红了眼睛的苏幕告别。

夜半天气终于通畅，电闪雷鸣有如昭告世人这淋漓的快感。江城被雷声惊醒，心里憋得慌，就再也睡不着了。

第二天去补救被淋湿的展板，苏幕并没有来。这虽不出江城的所料，但也让他怅然若失。看着被雨水打湿的苏幕的画，江城的字越看越丑。

晚上有校文艺团举行的慰问大家的小演出，寝室其余三人支持学校的义举，前去捧场。江城本来心情欠佳，文艺细胞少得可怜，加之既见不惯那些业余歌手在台上矫揉造作，故作明星状，又不平衡这些“乌合之众”可以得到阵阵喝彩，索性留在寝室，躺在床上。

出人意料地收到苏幕的信息，说自己已经在楼下，问江城是否去看演出。江城见到信息瞬间还魂，气冲霄汉，立即梳妆打扮，说马上就到。

两人结伴看演出，中间把景乐、子楼及其“夫人”，还有华清碰了个遍。几人默契十足，冲着江城淫邪地笑，问女伴是谁。江城只是帮苏幕提包，笑而不语。

演出结束后，两人游荡到一个长椅坐下。一阵沉默之后，苏幕紧张地小声问江城，明天还能不能见到他。江城伸手把苏幕抱在怀里，说：“我们天天都能见。”苏幕伸手抱紧江城，江城此时不再想到吴昔。

晚上回到寝室，立即受到盘问。江城一五一十作答，说自己苦恼于明明想着吴昔，却稀里糊涂、不明不白地就算是跟苏幕在一起了，想不到问题究竟出在哪里。华清笑着说江城说话放屁不如，屁有臭气，也绝非不留痕迹，江城说过的不想再有感情转眼就无影无形。景乐则认为江城是找个心灵寄托，起码跟苏幕在一起的时候想吴昔会少一点，这样也算是镇痛良药，好过自己在屋里萎靡堕落。

其余三人率先就寝，江城躲在楼道的角落与双叶共舞。恰好接到苏幕的电话，说自己下床喝水，有些想江城，就打个电话，没什么事情。江城笑笑，说“我也想你”，接着嘱咐苏幕早些休息。苏幕听了甚是开心，声音都绵软许多，两人互道晚安。江城最后抽了几口，看着外面的朦胧夜色，他也不确定自己究竟在想什么。

江城将烟头扔出窗户，一点红光划开夜空，它既不漂亮，也不丑陋。

接下来的日子江城几乎每晚都与苏幕散步，两人畅谈人生理想。倒不是江城突变高尚，悔悟从良，散步是情侣必修的功课，而把时间选在晚上，一来是怕碰到吴昔而自己心痛，二来外人并不知道吴昔，可是知道胡月，倘若被人看到，自己不免落下个花心的印象。当时为了扭转局面，自己跟胡月的事情尽人皆知，现在虽然和苏幕成双配对，可也不想满城风雨。江城疑心重重，弄得两人昼伏夜出、贼头鬼脑，只差穿上夜行衣。

江城间歇性以为自己是瞩目的中心，即便晚上与苏幕散步也尽量避人耳目，犹如特务接头。苏幕自然不满，可也不好发作，只好迂回绕远，寻找自尊，逼迫江城将手机里自己的姓名改为“老婆”。江城虽不情愿，但自知有愧于苏幕，而且手机相当私密，不存在被发现的风险，也就立即乖乖就范。

苏幕见江城毫不迟疑，自尊得到一定满足，开心地靠在江城的肩膀上。江城也只是拉拉小手，亲亲小脸，也并无进一步的举动。

两周时间到，学校难得的信守诺言，拉着二年级的散兵游勇前往军训基地。车辆条件极差，半路空调还发生故障，散兵游勇到了基地立即变虾兵蟹将，只剩下被蒸熟的功用。学校租用的大巴车公司名曰“寅建”，或者是“建寅”，江城“将死”之余也不由得佩服这个公司的勇气，毕竟不是谁都愿意如此“坦诚以待”的。

基地还是那个基地，荒山还是那个荒山，炽热夏风今又是，只是换了人间。江城一行人翻身农奴把歌唱，不同于上次的三角互虐游戏，这次充当的可是货真价实的上帝角色，基地只负责接待和训练，并不敢整人。训练之余自由安排，日子过得倒也轻松自在。

既然是集体表演，就要有队列，有队列，就要有队友。江城意外地发现自己正前方的女生是甘州。

自开学之后的联络至今，江城与甘州已经失去联络近一年，期间事多而杂，节奏紧凑，甘州这个名字被江城渐渐遗忘。如今再看，大学熔炉三次发生效力，甘州的皱纹被粉底遮盖，搭配中度浓妆也别有风味，除了略显风尘以外，整体美艳度提升几个档次。江城做贼心虚，不敢与甘州打招呼，当作没看见，倒是甘州颇为主动。

“嘿。”甘州叫住江城。

“甘州啊，都快认不出来了，好漂亮啊，最近怎样啊？”江城看甘州不计前嫌，主动搭讪，更是问心有愧，赶忙谄媚拍马。

“谢谢哈。前段时间去我男朋友的学校，还没待几天就只能回来了。这破表演跟评优挂钩，又不能不回来。晒死了，等我一下，我涂点防晒霜哈。”甘州短短一席话表达出四个意思，与江城印象里腼腆的甘州简直判若两人，现在有男友相伴，想必生活幸福，想到这里，江城心里不由得踏实一些。

“男朋友外校的？”江城刨根问底。

甘州正往脸上扑防晒霜，闭着眼回答：“高中同学，在广州上学，稀里糊涂就在一起了，本来还指望能多玩几个地方，催命似的赶回来。”甘州睁开了眼睛。

“没事，两情若是久长时，又岂在这么两天，过段时间再去。”

“对，我也是这么想的。”甘州笑笑。正巧队列集合，两人也就结束谈话。

本来表演就是个不成熟的决定，加之更不成熟的准备，拖拉半个月，致使进度严重拖后，反映到训练里就是训练量奇大，颇有两天并作一天的趋势。散兵游勇们身处荒郊野岭，由于不熟悉当地地形，越狱已成幻想，配合高强度训练，虽然“哭天喊地”，但却连“起义”的劲都没有。由此不得不佩服学校领导的深谋远虑。

江城训练间隙到前排队列找苏幕，两人席地而坐，侃侃而谈，真可谓“革命夫妻共患难”。此地穷乡僻壤，又全为本年级学生，民风淳朴，被胡月的同学撞见的机会为零。身体的劳累催生精神的空虚，加之不必担心自己臆想的闲言碎语，故而江城肆无忌惮，跟苏幕甜得发腻。苏幕本就希望能是这样，如今正中下怀，两人自然卿卿我我，恩恩爱爱。

晚上学校放映最新电影犒劳同学，使得同学们足不出户就可以与院线同步。大家三五成群，喜笑颜开地来到露天放映场，津津有味地欣赏影片。同学们纷纷表示，还是学校想得周到，白天训练，晚上休闲，要是有按摩就更好了，自己一定不辜负学校的期望，努力训练，提升干劲，在校庆的时候为学校献礼。

江城爱看影评而非电影，这样的好处在于既不会消耗很多时间，又可以有很多谈资，简而言之就是投机地装文艺。苏幕期望跟江城厮守，此时对电影免疫。于是两人远离喧嚣，闲逛到放映场的另一端，此地黑灯瞎火，映衬另一端的通明灯火。

江城的生日渐近，心里期待苏幕能有所表示，嘴上又不能明说，只好旁敲侧击搞些暗示，苏幕笑着说："礼物早就准备好了，你可不许不喜欢啊。"江城一听，喜上眉梢，连忙答应下来。

江城生日当天凄风楚雨，训练被迫取消。傍晚雨势渐弱，江城与苏幕见面，顺便索取礼物。两人闲聊几句，江城拿着苏幕给的袋子兴高采烈地回到临时宿舍。

兴冲冲地打开袋子，发现礼物了无新意，是个钱包，而且据江城判断，应该是离学校不远的一个商场的打折品，江城顿感失望。不过还发现了一张精美的纸条，江城打开纸条。

江城：

我还是郑重地叫你的名字吧！首先祝你生日快乐，想来想去给你挑了这个礼物，你一定要喜欢啊，要不我就要鄙视我自己了。

这几天训练辛苦，不过没有关系，有我陪着你呢，而且你也陪着我。这段路我们一起走，未来还有很长很长的路，有我陪你，我们一起走。

今天窗外下着淅淅沥沥的雨，刚才收到了你的信息。你一定想我了吧？嘻嘻，我现在就飞奔过去找你。

苏幕

这个钱包江城虽然不喜欢，可是他却愿意告诉苏幕，他是开心的，他喜欢这个礼物。江城躺在床上，听着窗外的雨声，他觉得自己是幸福的。

华清一如既往地用功复习，除了训练就是看书。景乐虽说已算是华清的门徒，然而师傅已经引进门，怎奈徒弟却不当真。景乐个人道行太浅，看了没几天书就本相毕露，成功转移兴趣点，发现了自己对摄影的爱好与天赋。

此时的景乐还无相机，但是强大的科技已经使得手机具有初级照相功能，加之目前时间充裕，趁着郊野美丽的风景，景乐整日苦中作乐。

几天下来景乐把基地里的所有东西拍了个遍，大到厕所树木，小到苍蝇蚂蚁，一概不予放过。不知道的还以为他是昆虫学家，盯着地上搞科研。

之后景乐决定更进一步，自然风光拍够，准备加入人物，形成意境与内涵。想拍人物就得有模特，找来找去，找到了心情大好的江城与苏幕。两人一听是为了艺术事业献身，立即表示同意。

三人随即在训练之余进入实践阶段，不料理想照进现实，拍的照片全是鬼的影子。手机照片别说意境，连拍得比较清楚都是个问题。景乐无奈放弃，不过为了犒劳“夫妻”二人，还是决定帮两人照些一般的合影，也算纪念这段时光。

此基地主要业务为军训，以培养艰苦朴素的精神为目标。为了突出自己的服务目标，基地还在训练场树立四块大牌，上书“艰苦朴素”四个大字，用以昭告。景乐按下拍摄键，留下江城与苏幕在“苦”字面前的灿烂笑脸。

训练虽苦，但也无牵无挂、无忧无虑，不觉间临近尾声。江城此时发自内心地感激苏幕，此时虽然离苏幕的生日还远得望不到边，情人节也是明年的事情，但江城还是决定给苏幕一个礼物。从节省和便利的角度来说，购买礼物是相当麻烦的事情，于是所有的条件都指向一点——制作一个礼物给苏幕。然而江城手眼协调能力差得可怜，从小的劳动课与手工课只有旁观赞叹的份，于是想起了早年间的招数，准备写首短情诗给苏幕。考虑到现代诗给人以敷衍糊弄、没有技术含量的感觉，江城决定写古诗。

所有的决定都是容易做的，但是随之而来的具体操作才是关键，江城搜肠刮肚，冥思苦想，连平常跟苏幕在一起都一改往日形象而寡言少语，默默皱眉遣词造句，害得苏幕以为江城便秘气短。

不过江城被苏幕的纸条感动，思前想后还是礼尚往来的好，既成本低廉，又富有内涵。内心斗争与疏通并存，终于在两天后写成藏头情诗一首。题目自始至终想不出来，最后美其名曰“无题”。

无题

我忆灯火阑珊丛，

爱寻百回亦无功。

苏生不知缘何故，

幕开却见一点红。

江城仿佛怀胎两日，顺利生产，通畅得快感肆意。虽然劳累，但是看着自己的“孩子”聪明可爱，还是喜形于色，不时左右端详，默念自己如何有才如是。

子楼有给韵子写爱情小纸条的习惯，江城赶忙跟子楼索要精美空白小纸条一张，工整地誊写上去。

傍晚江城将礼物交给苏幕，苏幕借着路灯的微光打开，直夸江城字写得漂亮，再看到藏头小玄机，更是兴奋地跳了起来，说这是自己收到的最好的礼物。兴奋过后，苏幕恢复理智，笑着问江城写了几天。江城不想显得自己才疏学浅，一首诗写两天，只说是灵感突然来了，几分钟就写完。苏幕更加钦佩，直夸江城有才华还对自己好。

天空黑得透彻，仿佛一眼可以望到明天。山中的夜晚万籁俱寂，只有几盏路灯守护这里，它们相依为命，微弱的灯光拉长彼此的身影。

训练结束，江城坐上来时的“寅建”，抑或是“建寅”返回学校。隔着车窗望去，这本就荒芜的基地愈发凄凉。车上的人全无离别的伤感，却有新生的喜悦，不住地憧憬“出狱”后的日子。江城显然也厌恶这里，但当他看到训练场上的“苦”字时，还是不由得笑了。

大巴车渐开渐快，车内凉风阵阵，江城早已习惯空调车的威力，他只想早点奔向自由。但是如果在“监狱”里是幸福的，那么还是否需要逃离以寻求自由？江城想不清楚，想想也就睡了。

汇报表演如期举行，领导高兴，同学解放，一切随即恢复往常。

江城借着短假回家几天，苏幕留在学校。两人的思念泛滥成灾，腻到起沫子的短信发了一堆，总算挨到了小别结束。

江城满心期待，短假里看无聊的韩剧一部，女主角越看越像苏幕，不由得心驰神往，然而兴冲冲地回来见面，期望全部崩塌，好似高空坠落失重，浑身摔得难受。

江城失望与开心并存，苏幕则有大难不死重逢之感，险些哭了出来。两人厮守到晚间，在苏幕的提议与命令下，将江城拥抱苏幕并说出“我们天天都能见”的那天定为在一起的纪念日。临近深夜，两人依依惜别。

事实上苏幕在第一次见江城时确有打扮，顺利俘获江城。然而本质上她醉心学术，对穿着并不在意，生活中除了江城就是书籍。江城此时已经大方公开，虽不在乎臆想的闲言碎语，但却看重臆想的指指点点，希望别人觉得苏幕漂亮。

苏幕视成绩如道路，江城视成绩如粪土，两人分歧巨大，致使在一同上自习时一个平心静气，一个抓耳挠腮，场面十分混乱。苏幕好心提醒江城，江城却讨厌被人控制，两人出现小隔阂。

江城不愿被控制却乐于控制人，吃饭散步时旁敲侧击，暗示苏幕应该怎么穿衣服。苏幕乖乖听从江城，江城甚是开心。然而并非出自于内心的意念总是无法坚持太久，苏幕必然偶有遗忘，江城气急败坏，念叨数日才会罢休。

苏幕一直对接吻持排斥态度，江城与子楼沟通，发现韵子也有类似表现。两人通过逻辑推理，一致认为是香烟造成的口臭所致，所以决定采取措施。子楼烟龄长，采取治标的办法，随身携带口香糖；江城烟龄短，直接治本，干脆不抽。之后子楼效果显著，这边江城却毫无进展，万般无奈，只好在散步时询问当事人。

“苏幕，问你个事哈，你，你怎么不愿意接吻啊？”江城竟然有些不好意思。

“这个，我就是觉得挺脏的，你想两个人的口水啊，口水，口水就是挺脏的啊。”苏幕断断续续地说。

“那一开始怎么愿意亲啊？”

“一开始你亲我我当然开心啊，能忍忍的。”

“那现在就忍不了了？”江城明显有些激动。

“江城你别逼我好不好？跟你在一个杯子喝水就已经是我的极限

了，再说接吻就那么有意思吗？”

江城无言以对，他也说不清接吻的乐趣在哪里。草草将苏幕送回寝室，江城越想越低落，索性破罐破摔，又在楼道和双叶共舞。

秋天才刚开了个头，北京就下雪了。一早醒来对面的屋顶上已经是白茫茫一片，江城上午与苏幕在图书馆自习，暖气未至而大雪先行，大家自习却差点冻出内伤。于是两人决定下午取消自习计划,改为玩雪。

天空的雪花四散飘落，地面温度高，落下的雪花随即成水，伴随着缕缕白烟，学校好似仙境。广场上雪战正酣，江城和苏幕躲开人群，来到停车场，在一辆车的后备厢上堆了个大鼻子的雪人，苏幕说这是两人的结晶，得有个名字。江城自诩有才华，思考一会儿，起名“江苏”，说既是两人名字的合体，又能体现爱国情操。苏幕笑着捶打江城，直说他不走心,起个地名糊弄事,让他重起。恰巧学校的一个外教经过，看到雪人，便笑着比画自己的鼻子，好像说两人侵犯了自己的肖像权。两人大笑，招呼外教与“江苏”合影，相片上好似兄弟二人。外教看了开心，留下邮箱地址，让江城发送过去，也就笑着离开了。

天色比以往暗得早些，清澈的月光照在雪人的身上，它仿佛也有了气息。

这突如其来的大雪过后，来到了两人的半周年纪念日。苏幕希望能好好庆祝一下，江城则认为没什么意义，推三阻四，说咱们以后会在一起很长时间，逢五逢十庆祝一下就好。苏幕属于主动出击，本来就处于弱势，显得廉价，需要通过江城对自己的“好”来获取安全感，而今见江城不情不愿，不免心寒。然而心中所想又不能全部说出，只好以要求江城对自己更“好”来弥补，于是江城不帮自己掀门帘、不帮自己端盘子、不帮自己买零食、不陪自己上自习都成了罪过。

江城觉得苏幕无理取闹，但江城反其道而行之，不吼不叫，摆出一副低三下四的样子服侍苏幕，所有事情照办，只是客气得吓人，只差叫苏幕“苏小姐”。江城扮作低眉顺眼的奴才，本就处于道德制高点。苏幕无法发作，却又如鲠在喉，憋得难受，每天既想见江城，又怕见江城，一时间日子过得郁郁寡欢。江城同样怏怏不乐，自己终日卑躬屈膝虽是自我选择，但也着实没有面子，何况内心憋闷，这样下去迟早气死，几次动了分手的念头。子楼劝他别贸然行事，要泰然处之，苏幕的好不见得他全都见到，更何况苏幕心灵而手巧，总好过江城色欲熏心，就为这一点，也不能着急。江城见子楼分析的有理，也就先按兵不动了。

景乐最近加入一个摄影社团学习拍照，通常拍照都和旅行连在一起，碰巧京郊新开一个滑雪场，社团有门路前往滑雪，而且报名人越多越划算，景乐便询问寝室众人。华清对体育运动不感兴趣，留在学校看书。子楼两口子“夫唱妇随”，踊跃报名。江城本不想去，被子楼“教唆”，也就象征性地问问喜静恶动的苏幕，没想到苏幕大喜过望，只好连夜开始准备。

是日天气晴朗，众人乘大巴车前去滑雪场，一路上气氛热烈。江城被抽到表演节目，想来想去，只好讲个笑话，没想到反响热烈，苏幕也不住地笑，居然被大家起哄返场。

价格便宜同时也是人多的代名词，一行人排队拿装备耗去一个上午。

江城和苏幕平衡感皆差，本来自己已经晃晃悠悠，还要互相搀扶，更是不时四脚朝天。两人犹如海边的乌龟，仰面之后就无法翻身，好容易站了起来，只好相互苦笑。雪地映出璀璨的阳光，两人被晃得睁不开眼睛。江城说苏幕“烂泥”扶不上墙。苏幕说自己就是一摊“稀泥”，说着便往江城身上倒。

太阳刚有落山之势，雪场就已天寒地冻。一行人归还装备，匆匆坐车回去。

江城睡前照例去楼道与双叶共舞，顺着窗户向外望去，墙角的雪堆还未消融，月光打在上面，显得晶莹剔透，闪闪发亮。双叶的烟雾逐渐升腾起来，模糊了窗外的雪光，朦胧之间，江城仿佛看到了苏幕的笑脸。

接下来的日子两人各退一步，苏幕要求少些，江城也平等以待，算是恢复平静。

虽然中国人多数不信基督，但却对基督诞辰很感兴趣，每逢平安夜总要搞点节目，硬是把这个工作日当成节假日。要么去吃饭，要么去娱乐，要么去教堂祷告，恪守心诚则灵的古训，哪怕只信一天。平安夜苏幕期望去教堂感受氛围，两人到门口一看犹如卖场打折，不进去还好，进去只怕有去无回，只好悻悻而返，找个廉价西餐店吃中式西餐。不过此日的行程略有新意，苏幕还是很开心。晚间两人闲逛，苏幕趁江城不备购买小礼物一个，江城首次体会到圣诞节的快乐。

临近考试，江城不敢造次，整天与苏幕在一起自习，顺便也沾些仙气。考前一周抓紧学习，大脑的注意力迅速转为书本知识。虽说结果并不及苏幕的鹤立鸡群，倒也差强人意。

火车站送别了泪眼婆娑的苏幕，江城决定犒赏自己，购买新衣服一身，以备新年。挑来挑去来到一家名为“杰克·琼斯”的服装店，此时店内促销，人头攒动，颇多年轻顾客。想来杰克与琼斯也不过都是欧美人最普遍的姓名而已，然而在中国，服装店叫“杰克·琼斯”就门庭若市，倘若具有我国特色，起名叫“李强·王刚”就门可罗雀，不由感慨国人崇洋媚外之深。正想着试衣间空出一个，江城赶忙冲了进去，衣服试好，大包小包地回去。

出门正巧看到“美国加州牛肉面大王”业已改名“李先生”，一眼望去似乎生意不错，不由得再次感慨名字的重要性，想以后自己的孩子中文、英文名都得起好，好让他抬得起头来。

江城回到寝室收拾衣橱，喜新厌旧地将先前的衣服弃置一边。看到苏幕给自己的生日礼物躺在深处，江城唤醒它们，重读纸条。之后把纸条整好归位，江城给苏幕发信息，说：“我好想你。”

第四章　长凳

世间有很多东西都具有一个属性，那就是如果你不曾拥有，日子照样继续，可若一旦得到，再想被别人拿走就不容易了，爱情就是其中重要的一个。

假期里家长工作依旧，苏幕与江城各自孤单在家。

小城夜眠。月升人寂雾漫天，枯木残花徒怀怜。蜿蜒城外两三路，夜半车声到窗沿。

江城与苏幕短信交流之余就是陪家人。父母接近半年不见江城，对他的要求很低，很低，低到尘埃里，只需要他在旁边就可以，至于干什么一概不管。即使是这样无聊的日子，还是让老两口乐不可支。

这天江城与父母聊到午夜，看老人家安寝，自己也就退下。

农历新年后紧接着是情人节，江城为讨苏幕的欢心，购买苏幕喜欢的玩偶一个，以期返校后作为情人节礼物补送之。奇怪的是苏幕自打情人节那天给江城发了一条“永远在一起的”祈祷短信之后就杳无音讯，江城一度以为苏幕遭遇不测。可当江城以担心为名发信息询问苏幕，苏幕就会简短回复报平安，而其余内容则一概不回。种种迹象表明，这段感情出了问题，一切都像是江城与吴昔感情过程的稀释版，吴昔只是将本应该在一个较长时间发生的过程浓缩到了极短的时间内，但过程应该都差不多。如果说江城之前遭受的是晴天霹雳，那么现在则是阴云密布转暴风骤雨了。

江城与高中同学一道返京，一路上被追问感情，江城自然再次加强暗示，表示虽然有女朋友，但不一定能在一起，一切随缘，掰了也是自然。同学一边赞叹江城生性豁达，一边又怀疑江城对感情不够认真。江城懒得辩解，随着列车即将到站，竟不由得有些紧张。

到了寝室，江城顾不得收拾东西，先短信通知苏幕自己已经到达。苏幕难得回得迅速，说十分钟后学校小亭子的长凳见。江城见苏幕也急不可耐，更加断定苏幕去意已决。自己跑到楼道与双叶共舞，平静心态，烟雾弥漫在眼前，江城想起些画面，一根烟的时间转眼就到了。江城狠狠踩灭烟头，凛然地走出宿舍楼。

一根烟的时间说长不长，说短不短，苏幕居然已经先到了。江城先发制人，劈头盖脸表态：“什么情况啊？也不联系，你是有什么想法了吧？说来听听吧。”江城阴阳怪气地说。

苏幕只听得话语，而未感受语气，有些委屈地跟江城解释：“假期里我跟家人说了咱俩的事情，我妈妈一听咱俩家乡离得那么远，就跟我说不同意，我怎么说都不行，一直跟我闹，他们让我毕业之后回去，我也不会在北京。我现在不知道怎么办了。”眼泪在苏幕的眼睛里打转。

江城一听就火大，话都说得这么清楚了，还不知道怎么办？自己当然也不傻，明摆着是苏幕让自己提分手，这样无非是想让她自己心里好过点。那就偏偏不能让你好过，要不我江城不就成好欺负的受气包了？

江城平静一下，缓缓地说：“我也不知道怎么办，我尊重你的想法。”

有一个寓言，大致是说一个男人娶了个巫婆，是巫婆自然有法术，一天中要么白天美得不忍直视，可夜晚丑得不堪入目；要么相反。巫婆问他想要哪种状态，男人倒也机智，大概说我尊重你，你是自由的，你想怎样就怎样，我依然爱你。巫婆一高兴，就白天晚上都漂亮了，从此以后巫婆和男人过上了幸福的生活。且不论这男的是什么职业，能娶到巫婆，想必也应该是个神汉，光说这最后的结尾就令人生疑，巫婆当然可能是试探男人，可是也有可能是真心求教。尊重与推脱的界限并不清楚，而给予自由也可能是施予禁锢的一个表象。江城名为尊重，实为推脱，让苏幕决定；苏幕本就没有想法，如今更显得理屈词穷，只好不住地啜泣。

江城见不得苏幕得了便宜卖乖，明明先要吃人，似乎还流下悲悯的泪水，忏悔自己的大罪。江城恼羞成怒，索性遂了苏幕的心愿，将话挑明：“既然这样，我也想了想，只有一个解决办法，分手吧，这样你也不用夹在中间受气了。”

“分手？那你不难过吗？”苏幕抬头问江城，一滴眼泪划过她的脸颊。

江城感慨自己上道了，苏幕张机设阱不够，还要落井下石，把个可怜虫演到底。既然如此，也就陪她演下去。

“当然会伤心啊，可是这种情况，我有什么办法？我能做什么？你妈妈不同意，你也听她的。分就分吧，能怎样呢？”

“可是我不想分啊。”苏幕声音提高，哭得更厉害了。

“你不想分？那你想怎样啊？”江城少有的严肃。

苏幕低头不语，眼泪噗噗地落下。

江城恢复理智，说先回寝室休息一下，一会儿一起吃饭，吃过之后再说，不管如何，这最后的晚餐是一定要的。

江城回到寝室，拿出假期购买的玩偶，心想此物在自己这里如同废物，不管结果如何还是送给苏幕，当是最后的纪念吧。之后江城在楼道抽烟，双叶的薄荷味道他已经感受不到，只剩下满嘴的苦涩。

晚饭吃得死气沉沉，饭后两人闲逛到自习室，此时距离开课还有几天，大楼空得好似鬼宅，两人在顶楼散步，寂静的楼道里只听得脚步声回响。

江城拿出玩偶送给苏幕，祝她迟到的情人节快乐。苏幕本无准备，自责对不起江城，连礼物都没买。江城笑笑，说自己早就料到了，没什么大不了。说话间苏幕又哭起来，江城抱住苏幕，嘱咐她分手之后要开开心心，学习之余也注意休息，现在北京还很冷，穿好衣服，不要着凉之类的。苏幕哭得更凶，紧紧箍住江城的后背，抽泣当中只是重复着“我不想分手，我还想跟你在一起”。

苏幕越哭越大声，眼泪鼻涕一起往江城身上蹭。江城劝苏幕别哭，擦拭她脸上的泪水，不想自己却受到触动，竟也眼眶泛红。苏幕哭过、笑过，她代表太多的含意，代表太多的回忆，多到江城一时间难以负荷，只觉得胸口顶得厉害，眼泪也不住地往下掉。

苏幕还是不停地念叨：“我们不分手，我们还在一起好不好？”江城泪如雨下，无法自持，说不出话来，只好不住地点头。

自习大楼建造得颇有玄机，透过顶楼的窗口竟可以看到月亮，月光映出两人相拥的长影，此时窗外却没有风景。

这冬季的末尾，北京天空像是盖了盖子，终日见不到阳光，阴沉得让人沮丧。对于江城来说，与苏幕之间突如其来的危机算是顺利过去，可是雁过留声，撒下的怨恨的种子在江城心里发了芽，迅速成长，江城对苏幕逐渐心存芥蒂。

通常人在面临棘手的情况时会有三种反应：一种是迎难而上，三下两下将其解决，此种人甚勇。另一种是根本不愿面对，能跑多远就跑多远，窝在角落里躲起来，此种人甚怂。江城恰好属于第三种，这种人既勇且怂，希望通过不断的验证来证明棘手的情况其实并不存在。江城有不断验证的勇，却也有不愿面对的怂，明知和苏幕的感情已经出了问题，还硬要骗自己两人之间的事情已经过去，一如过往。事实上最难对付的也是第三种人，由此可见中庸调和也不是什么好事。

江城希望证明苏幕爱己如初，个中的原委也很简单，苏幕如果愿意为自己付出，便是感情依旧，故而在逻辑上十分严密。苏幕自知理亏，先有愧于江城，也就默默忍受，希望江城可以满意。不料江城好似上瘾，非但没有适可而止，反而得寸进尺，说好的见面一拖再拖，定好的事情出尔反尔，随时都想要苏幕的心灵手巧，苏幕只好照单全收。

江城内心愁苦无法排遣，便与双叶共舞。此时双叶已不是自恋的道具，而是排遣忧愁时的挚友，忧愁越多，挚友就越少，与借一份钱就丢失一个朋友的道理类似。江城愁时抽，抽更愁，香消玉殒众挚友。眼见抽屉里“挚友”只剩几根，赶忙发信息让华清顺便购买些“挚友”填补空缺。

华清返回寝室，不忘劝诫江城抽烟有害健康，还是与这些损友绝交的好。江城歪理一堆，说什么抽烟伤身，不抽伤心云云，弄得华清一脸无奈。下午有清华大学的专家来校讲座，华清自然不会错过，问江城是否同往，江城本想推脱，可一想自己在寝室也是无事可做，不如见见专家。况且学生总还是要有个学生的样子，自己现在有如无业游民，着实不成体统。于是决定提高自身修养，将手上的双叶戳到墙上，与华清共赴讲堂。

两人提前半小时到达，前排已经坐满，江城不由得感慨专家的魅力。过一会儿专家登台，开篇简明扼要，说闲话少说，接着先表示自己来到这里荣幸之至，又介绍自己著作等身，最近正写一本新书，再说一路走来在这个学术问题上还是有些造诣，取得过一些成绩云云。江城一看表，二十分钟已经过去，果然专家说话言而有信，闲话还真少，这若是多点，怕是整个讲座就成了个人传记。

专家就一个学术问题发表最新研究成果。江城本来就没怎么上课，如今更是云里雾里，不得要义，见华清记得认真，也不好意思打扰，只好仔细揣摩。

江城心灵受到震撼，修养提高得太快，一进寝室赶忙找“挚友”叙旧，用双叶薄荷烟把这直冲云霄的修养压下去。景乐见江城难得地主动接受学术洗礼，不由得好奇，询问他有何收获。江城站在门口悠悠吐一口烟，道：“收获不小……”

景乐被江城弄晕：“不是说听学术讲座吗？”

华清大笑，急忙解释：“听他瞎掰，人家是‘建构与嵌套’。”说着再复习一遍笔记。

景乐显然也不懂这个理论，但还是批评江城，说他有辱斯文。

这样冷战几天，江城和苏幕平日的习惯被打破，吃饭一个人，自习一个人，散步一个人，尤其是江城，已经渐渐开始想念苏幕，于是试着问苏幕要不要一起自习。苏幕本就想跟江城和好，如今见江城主动破冰，自然也不多做阻拦，两人相约饭后自习室见。

两人各自复习，表面上风平浪静，实则内心翻江倒海，好似第一次自习的场景。然则时过境迁，这只是暴风雨前的宁静，两人将对彼此深深的怨恨和不满埋在心底，只需一点星火，便可燎原。

学期刚刚开始，着实也没什么好自习的，距离大楼关门时间还有一个小时，就已快要人去楼空，这间自习室更是只剩下江城与苏幕。见四下无人，苏幕便悄悄地问江城为什么这几天不联系自己。

“这不是联系你了吗？”江城马上反驳。

“都这么长时间了才联系。”苏幕不满道。

“我们讨论的是联系还是不联系，又不是隔了多长时间，这是两个问题啊！”

“这几天我天天盼着你联系我，你怎么就这么绝情啊？”

“我绝情？是谁一开学就吵着闹着要分手的？再说这才几天，总比你假期不联系我的时间短吧！”江城总算是吐出心中的不快。

“好，我知道你一直放不下这件事，可是你也不想想到底我为什么这样对你？你天天就是跟我自习散步，别人都怎么过的？你带我玩过一次吗？看过一次电影吗？刚开始偷偷摸摸的，白天都不敢带我出来，我都不知道自己算是什么？我们算是在一起吗？我是什么啊我是？我……”苏幕逐渐由梨花带雨变成泣不成声。

江城愣在原地，他仔细回味苏幕说的每一个字，都是事实。自己没有资格教训苏幕，从一开始糊涂地在一起，苏幕就是更付出，更卑微的那一个，自己早已习惯俯视她，可如果不是苏幕喜欢自己，自己凭什么俯视她呢？

教室里静得只能听见苏幕的抽泣声。

“苏幕，那个，对不起，是我不好，不过你有一点说错了，我带你玩过的，我们去滑雪，你记得不？”江城一脸无辜地说。

苏幕瞬时破涕为笑：“那也才一次而已，别的我说的没错吧？我觉得你根本不喜欢我，就是想找个人陪陪，这个人可以是苏幕，也可以是别人。”

江城无言以对，他伸手要抱苏幕，苏幕使劲将他推开。江城锲而不舍，死死将苏幕箍住，苏幕停止抵抗，只是在江城怀里不住地哭。

相比言语，行动更加能够说明问题，江城下意识地将苏幕抱住，在苏幕耳边轻轻地说：“对不起，我承认，一开始真只是想找个陪伴的人，但是现在已经不同了，我离不开你的。”苏幕抬头看看江城：“你现在真的喜欢我吗？”

“嗯，我真的喜欢你。”江城狠狠点头。

“不管怎么样，你喜欢我就好，那我们以后都好好的，你不要再提这件事了好不好？”

“嗯，嗯。”

“我们谁都不提了，好好的，你也不要对我要求太多好不？我会尽量做，偶尔做不到，你也不要生气好吗？”

“嗯，嗯。”江城再次将苏幕抱在怀里。

夜晚的校园静的安然，江城趴在窗口，朝着苏幕住的方向，吐出一缕青烟，他知道，苏幕也未入眠。

两人昨日重现，每晚依依惜别，苏幕每天都会问：“我们明天什么时候见？”

此时春暖花开，江城提议一起去植物园，苏幕一听有除散步、自习以外的活动，自然开心。游玩的目的地倒不是精心选取的，只是江城曾在胡月的带领下去过而已，自己那时虽然冻得瑟瑟发抖，全程心不在焉，但耳濡目染还是认得路的，总好过两个人来到一个完全陌生的地方。

江城一进大门，尘封的记忆被打开，竟还有些轻车熟路，带着苏幕游东逛西。苏幕不免起疑，不怀好意地问：“是不是以前来过？跟谁来过啊？”江城含含糊糊，只说是班级一起春游，让苏幕不要多想。

此地依山傍水，颇多高山流水，二人许久未见真山真水，旋即寄情山水，不亦乐乎。是日轻松自在，过得飞快，转眼太阳落山，也就该回去了。

江城与苏幕几乎没有讨论过彼此的历史问题，当然也就没什么相关的决议了。倒不是江城对苏幕的过去不感兴趣，只是历史经验告诉他，这种事情知道得越多越被动，本来无一物，何处惹尘埃？隐瞒也好，欺骗也罢，只要浑然不知，便可怡然自得，着实没必要自寻烦恼。

苏幕则总感觉跟江城之间有小隔阂，怕自己刨根问底惹他生气。而今二人关系日渐亲密，自然也就百无禁忌。

“江城，问你个事情哈，你以前有几个女朋友啊？”

“嗯，两个，确切地说是一个半，第二个只在一起三天，勉强算半个吧。”江城想想，略去高中阶段后，还是说了实话，省去说谎圆谎的麻烦。

“她们都是谁啊？”

“第一个是个师姐，第二个是同学，不过你也不认识，说名字也没意思，你知道就行啦。”江城闪烁其词，心想要是让苏幕知道自己跟吴昔在一起，还不让她惊掉下巴。

江城错误估计了苏幕的兴趣点，苏幕避轻就重，她对这两个人的名字并不感兴趣。

回学校的路上，两人好容易上了公交车，来到二层坐下。江城笑说二层没司机，还是去一层安全些。苏幕嫌江城的笑话太老，露出不屑神情。

江城将头转向车窗，这个喧嚣的城市车来车往，他既不知道别人的归处，也不清楚自己的方向。华灯初上，江城与苏幕相互依偎，在狭小的车厢，他们有片刻的宁静与安详。

本学院与英国一所著名大学有良好的合作关系，多年以来交流不断，几年前更是签订协议，每年选送一批优秀的同学在暑期赴伦敦交流学习，游览观光。既然名额仅有一批，就得选拔。当然如果选拔标准是学习成绩的话，本寝室仅有华清有资格，江城之流毫无希望。还好事情并没这么简单，学习好的不一定有意愿，有意愿的不一定愿出钱，愿出钱的不一定有时间，诸如此类。由此推断之后，江城除了学习较差，剩下的条件一概符合，也算是颇具竞争力了。

江城自小不喜欢旅游，倒不是他不懂大自然的美，而是江城母将其作息调整得过于规律，一到陌生的地方就身体不适。故而既没人愿意跟一个病患出游，病患自己也很识趣，江城上大学前活动范围仅限于那个北方的小城。如今江城适应力显著提高，有低价旅游的机会，自然不会放过，与家人报告后得到父母首肯，江城随即开始准备。

本年报名人数略多，学校安排前一年去过的同学与若干老师一同面试。内容无非一点点英语口语，加上一点点专业知识以及再一点点人文情怀。面试就是面对面说，因此嘴上会说而内心无货，内心有货而嘴不会说都是大忌。江城恶补两天专业知识，算是“胸有点墨”，辅以能说会道，自觉胜算多多。

这天面试江城特地早起，梳妆打扮。本寝室一共有景乐和江城两位选手出征，子楼假期要与韵子厮守，华清心念清华，对英国无感，均不参赛。景乐与江城来到比赛现场，一眼望去，尽是老弱病残，不由得信心满满。

“哎，江城，看，胡月啊。”景乐犹如发现金矿，险些敲锣打鼓放鞭炮。

“吵什么，我瞎啊？当没看见。”江城迅速低头，视而不见。

面试倒也顺利，江城觉得有戏。景乐的英语水平却差得可以，刚日常交流几句，考官就认定此人必然会被伦敦的人贩子拐走，为了不给学校增加负担，决定把景乐留在北京。景乐本来还想用中文展示自己的学术造诣，被考官委婉制止。

江城出来时景乐已经开始打哈欠，江城问景乐感觉如何，景乐说经过面试，他发现这个假期还是舍伦敦取东城，留在北京的好。

江城说："那样也好，首都人民欢迎你，不过你这英语，怎么考上我校的啊？"

"哪家的高考考口语啊，其实我写得还不错。"景乐作势要给江城展示，江城赶忙制止，说为了弥补景乐内心的创伤，请他吃饭。

夜幕降临，江城在厕所方便，漆黑的隔断，映衬出双叶的红光一点，连烟雾都变得若隐若现。江城蹲在地上想，如果这次胡月和自己都入选，到了伦敦怎么办？还视而不见？算了，说不定还能再续前缘，谱写一曲异国的爱恋。自己越想越荒唐，不由得笑出声来。

苏幕的院系不年不节地搞一个什么晚会，因为时机不对，故而节目紧缺。苏幕虽秀外慧中，但不善言辞，尤其不善在众人面前讲话，此次得知消息，希望挑战自我，参加表演。江城一听是好事，全力支持。

两人综合分析各方面情况之后，认为苏幕挑战的项目以诗朗诵为最佳。一方面这是标准的在众人面前讲话；另一方面难度也相对较低，毕竟有个讲稿可以看。如若是没有讲稿的节目，就得变成脱口秀，这"瞎说胡诌"的本领，苏幕并不具备。

节目既已确定，接下来就是训练。江城在这方面小有经验，起码装作是小有经验，推掉其余杂事，投入全力。江城整日帮助苏幕找资料、练节奏，虽说不一定有效，但起码是个依靠。苏幕有江城作陪，居然也信心百倍，节目不日成型。

不出江城所料，晚会当天人迹罕至，偌大的厅里观众稀稀拉拉，坐了不到一半，即便如此苏幕上台前还是紧张到四肢冰冷，手脚冒汗，拿着稿子还有些发颤。江城倒也尽职尽责，在旁边给苏幕倒水，陪苏幕聊天，让她渐渐平静一点。

苏幕得到江城的鼓励，算是平稳上台，顺利完成表演。江城远近兼顾，又拍照又录像，听到稀稀拉拉的观众发出的稀稀拉拉的掌声，他总算长舒一口气。

苏幕完成挑战，自然心欢，两人沿着楼梯下楼，苏幕拉着江城扯东扯西，欢呼雀跃。江城从没见过苏幕如此兴奋，不由得自己也吓了一跳，不过这种心态他也经历得够多，所谓久病成医，也就见怪不怪了，一旁默默地笑着看苏幕。

苏幕感觉到异常，小心地问江城："我这样是不是有些失态啊？"

"不像师太啊，你现在挺像个妖僧的，好像中了法术。"江城打趣道。

"去你的，你见过这么漂亮的妖僧吗？"

"没有，还真没有，不过你今天真的很漂亮。"江城由衷地说。

苏幕一阵沉默，江城以为自己说错话，赶忙询问这是什么情况。

许久苏幕才抬起头，说："谢谢你。"她眼泛泪花。

"哎哟，哭什么啊，今天应该开心嘛。"江城怜爱地把苏幕抱在怀里。

苏幕在江城耳边说她今晚不想回寝室，江城没有答应，他有些明白子楼所说的"舍不得"是什么含义。

江城想，苏幕是受了委屈的。

这并不是个让人爱怜的夜晚，燥热湿润的空气在四周弥漫，多数人辗转无眠。江城躲在楼道的角落，那里升起丝丝孤独的烟。在这无风的夜晚，它们聚在一起，久久不愿消散，一如江城对苏幕的思念，快乐而又危险。

英语四级考试将至，江城、景乐以及子楼“夫妇”如临大敌，华清与苏幕功底深厚，自然沉着应对。六人分为三组，华清帮扶景乐，苏幕提携江城，至于子楼和韵子就只能听天由命，自力更生了。

子楼强于数学而弱于英语，但是也没弱到景乐的程度，努努力通过不成问题。反倒是韵子让他生疑，多数本校学生高考成绩优异，英语极差的也不过如子楼。谁料韵子不做题不知道，一做让人吓一跳，子楼用红笔给韵子核对一遍，整份真题可谓“尸横遍野、血染山林”，战况之惨，令听者动容，闻者流泪。

子楼深感其中蹊跷，严词询问之下，总算找到原因，韵子来到此校并非通过高考，而是被“保送”，故而学习能力有待提高。

子楼自觉如此这般，通过四级对韵子来说犹如登天，而本校不过四级便与学位证无缘，后果严重程度可想而知。子楼爱“妻”心切，晚间急与寝室众人商量对策。

“我们辛辛苦苦，不如人家舒舒服服，这世道，可真够不公平的。”景乐搞错讨论重点，首先发表评论。

“不公平也正常，大家除了都得死，每天都是二十四个小时的时间，哪有公平的啊？”江城倒是很看得开。

“可是这种不公平也欺人太甚了，我们在起跑线上就输人家老远，以后怎么追啊？”

“这不现在咱们都一样嘛，韵子也没有去北大清华。”

“王韵子没去，那肯定还有别的韵子，我是说这个事，不是只说她。”

“还是要看努力的嘛，家里也只能帮一时，帮不了一世的。”

“可是很多事情并没有技术含量，根本就是机会的问题，你有机会就能得道升天，没机会就只能待在凡间，这样的例子太多了。”

“可……”

“别瞎聊了，我是让你们给我出主意，谁让你们争韵子该不该来的问题，她现在已经来了，现实就是这样，我该怎么帮她，这才是要讨论的问题啊！”子楼显然被这偏离主题的对话搞得有些生气。

“我们也没说韵子不该来啊，你哪里听出来的？我们只是讨论这个制度到底合不合理。”景乐也不是省油的灯。

“都别说了，子楼你想帮韵子，可是我说了你别生气，你自己想通过也不是很容易，所以我觉得你还是先找找别人的经验，做好了阅读和作文，其他再看看，怎么也能通过。网上挺多的，你搜集一下给韵子，再配合上真题，应该十拿九稳。”华清一向理智，总算给了子楼一些有用的建议。

卧谈会旋即结束，四人各自睡去。半夜江城被尿意憋醒，隐约见子楼依然坐在电脑面前。

眼看考试日期迫在眉睫，子楼不敢有丝毫怠慢，自己的复习根本不管，只顾着如何让韵子多学一点。韵子看书却犹如上刑，不一会儿就哭天号地。子楼无奈，只得晓之以理，动之以利，许诺佳肴珍馐无数，方使得韵子前进一步。

韵子拖延成性，一份真题做了三天。子楼心急如焚，可又无可奈何，只得常常在楼道里抽闷烟，偶尔与江城相遇，稍作倾诉。

江城深知早死早超生的道理，不愿留有后患，每日与苏幕用心自习，以期一次通过。苏幕复习轻松，偶尔希望放松，江城除陪苏幕看过一次电影，算是补上必修的一课以外，其余均以复习与天热为由婉拒。

这天两人自习后散步，苏幕问江城将来有什么打算。可江城除了给他与苏幕可能出现的孩子起名“江莱”，英文名“Future”之外，对将来还真没有什么打算，支支吾吾说了半天，也没有说出个所以然，只好说什么不用担心，车到山前必有路，大漠长河落日圆。然后和苏幕接着回去自习去了。

子楼为更好地激励韵子，暗中策划“王韵子生日暨刘子楼与王韵子在一起一周又近半年庆祝小晚会”。向寝室其余三人举债共一千五百元，租场地，请人员，买食物。晚会当天江城与苏幕共同出席，见晚会有模有样，不由得大吃一惊，子楼连酒都准备啤、红两种，可见用心良苦。江城拿起旁边的可乐喝了起来。

晚会进入表演时间，江城业已做好所有节目均为子楼一人表演的准备，不想子楼居然请到唱歌、跳舞、魔术表演嘉宾各一名，江城不由得大吃二惊。

接着播放子楼与韵子的恋爱过程PPT，江城大吃三惊，此份PPT如若作为首学期计算机课的作业，定为范例无疑。然而子楼那时得分仅有六十几，可见目的对于学习的重要性。

子楼上台献花，韵子与苏幕同时热泪盈眶，江城、景乐与华清站在一旁，开心地鼓掌。

江城临睡前与子楼在楼道抽烟，江城感叹子楼准备得周全，居然还有演职人员。子楼虽酒过三巡，却清醒得很：“我哪能请得到啊，人家听是给韵子办晚会，才愿意来的，我只是狐假虎威。江城，人和人真的是不一样的。”说完掐灭烟头，回去睡觉了。

江城的烟还没有抽完，已看到手机里苏幕与自己道晚安。江城的心拧成一堆，苏幕没有自己的晚会，他有些羞愧；带她来到这个晚会，他却有些后悔。

狂欢过后，一切安然。子楼的激励计划果然效果明显，如果考试时间拉为一天，再搭配电子词典，韵子定能顺利达线。子楼哀莫大于心死，只知道在楼道抽闷烟了。

这几日本应是冲刺阶段，景乐却再次精神错乱，整日钻研摄影，对真题置若罔闻。江城每每回到寝室小憩，总见得景乐端坐在电脑面前。江城觉得奇怪，华清为人负责，既然答应帮景乐复习，那就一定会负责到底，怎么他也不管了？不过转念一想，景乐着实也是烂泥扶不上墙的，早些时候在军训基地就说要提早复习，最后还不是把基地里的昆虫照了个遍？有道是“不怕虎一样的对手，就怕猪一样的队友”，华清舍弃这样的队友，轻装上阵，倒也无可厚非。自己本来想提醒两句，但又怕戳到景乐的痛处，人家皇帝都不急，自己太监急什么，也就作罢，任由景乐去了。

这天睡前，江城例行一烟，回到寝室却见华清与景乐扭作一团，幸亏子楼及时发现，全力制止，双方的鼻梁骨才没有被打歪。事后子楼跟江城说华清好心一片，提醒景乐开始复习，景乐却不领情，还埋怨华清婆婆妈妈，双方越说越激烈，最终没有控制住局面，打了一架。江城想可能景乐压力太大，又想逃避，华清戳了景乐的痛处，万幸之前自己没有多嘴多舌。然则华清也没有恶言，景乐不领情也就罢了，为什么要拳脚相加于华清？景乐实在有些不识好歹，还是稍微离他远点。江城回去安慰一下华清，四人也就睡了。

子楼做最后一搏，准备给韵子再买一份预测题，让她找找状态。虽然韵子着实没有什么状态，即便是挖地三尺也找不出什么来，但子楼死马当活马医，还是骑个自行车出门。不料这几日学校翻修地面，出门就是个大坑，子楼买题心切，又盘算着给韵子再买点什么零食，发现时为时已晚，不偏不倚，掉了进去。

子楼出师未捷身先死，窝在坑里泪满襟。几人赶忙把他送到医院，片子一照，难怪子楼哭得伤心，他左手骨折，只好当即住院。

大学生有医保，住院没什么大不了，只是要事后报销，所以江城跟辅导员借了些钱，给子楼送过去。

江城到医院，见韵子跑前跑后，鞍前马后地照顾子楼，不由感慨子楼老家的老先生未卜先知，两人名字里的“子”一前一后，承前启后，实在算得精准。韵子本是公主的命，却有丫鬟的心，尽心尽力照顾子楼，也算是他的福气。

江城坐在床边，低声调侃子楼：“人家是大户人家的闺女，这么照顾你，我都看不下去了，你何德何能啊？”

江城看到床头柜上居然还堆了一叠真题，问子楼这些东西他想怎么办。

“怎么办？下半年再战呗。我伤的是左手，到时候还能去试试，韵子左手右手加大脑都不太灵，不出意外我俩都得‘二战’了。”

四级考试当天，子楼带伤作战，韵子全力以赴，景乐睡过头，差点迟到，考到一半接着补觉。华清、江城与苏幕准备充分，考试自然顺利。

本学期进入尾声，苏幕希望回家前能与江城外出游玩一次，江城却故态复萌，自觉天气炎热不宜游玩，况且自己生活费略有亏空，不想临回家却伸手要钱，故而推脱，说夏去秋来，再作打算。

这几天江城与苏幕终日在图书馆避暑看书，可苏幕却总是不积极的样子，问她怎么回事，她也说不清楚。江城仔细回想，似乎并没有什么做错的地方，只当是她天热心烦而已。

眼看苏幕即将先行回家，江城的不安越来越重。子楼曾对江城说，对于大学的情侣，每个假期都是个坎，这期间最容易出事情。何况江城早有体验，只是那时应对较为从容，而今他却忧虑重重，不愿面对。

苏幕要怎样，这本是江城无能为力的事情，而通常人在对待这样的事情时，要么看得开，要么看不开，反正做什么都无济于事，一切都只能调整心态。江城早先基本看得开，如今根本看不开，日子不剩几天，江城再次施展调和中庸之道，既勇且怂，不断要苏幕做出承诺，假期过后不会出现风波。

已是苏幕要走的当天，两人作最后的陪伴。

送别泪眼婆娑的苏幕，江城回到寝室天色已晚。子楼考试后接着住院调理，华清在教室自习，居然连景乐也不知去向，寝室有些凄凉。此时离睡觉尚早，江城难得的可以坐在桌前抽烟。

景乐的手机躺在桌上，江城本想拿起来玩游戏，打开却看到一条极长的消息躺在那里，江城瞥了一眼，却也不再理会。

这天赴伦敦交流的面试结果出炉，景乐落选自在情理之中，江城却也惨遭淘汰，而隔避寝室一个各方面条件都差一点的同学却顺利入选，理由是具有强烈的人文精神。

“他入选是有人文精神，那意思是我就没有呗？人要没有人文精神，不就是动物啊？哦，我是动物？我连老奶奶卖东西都见不得，看多了就流泪，我没有人文精神？我不敢说悲天悯人，至少也是心地善良。好像我狼心狗肺似的？他们到底怎么看出来的？”江城意外落选，气急败坏，跟景乐抱怨连连。

景乐近日心情低落，耐心却好得出奇，静等江城讲完，才悠悠地说：“你还真是狼心狗肺，心狠手辣，所以才不选你的。”

江城一脸疑惑，不知景乐在说些什么。

“江城，记不记得咱们面试的时候碰到胡月？”江城点点头。“胡月不是参加面试，而是考官之一，她去年去过伦敦的。”江城努力回想，在一起的时候胡月好像说过面试什么的，不过两人分手得早，自然也不知道假期她去了哪里。

“你是说胡月把我弄下来了？”

“还能有什么别的原因？前两天我去参加摄影社团的聚会，一个特别八卦的师兄说胡月在评审的时候激烈地反对一个叫江城的人，最终只好找了个条件差不多的递补，问我是否认识江城，我只能说不是很熟了。胡月说你心狠手辣，狼心狗肺，好像也没错吧？本来不想告诉你，不过看你现在这样子，也不能让你死得不明不白。”

所有生命中的人都不会被忘记，她只是没有被想起而已。

江城倒也不怨胡月，想想自己恨吴昔的那个咬牙切齿的样子，胡月已然是心慈手软了。每个人既是观众，又是风景；既是犯罪者，又是受害者：一时的角色并非永远，浑然不觉间，就要扮演自己的反面，而永恒的，唯有角色的变换。

伦敦与北京之间路途遥远，不去倒还能省笔钱。江城自觉对胡月有亏欠，想来这次胡月应该会开心些，自己也就有些许释然。

天气预报说，明天是个阴天。

景乐一回家就吵得地动山摇，故而留在寝室逍遥。江城的双叶抽完，又懒得去买，只好坐在床上发呆。苏幕发信息问江城在干吗，江城说，他在等着回家。

钟情要去美国读书，江城陪钟情玩了两天，送她去机场。两人坐在去机场的大巴上。

“这次回去我就要去美国了，下一次也不知道什么时候回来。”钟情所读的是国际学院，学习时间中美各半。

“哦，去了那边小心点，那里每个人都有枪，估计治安不好。”

钟情抓住江城的手，江城下意识地缩了一下。

“这里没有人认识你啊。”钟情略有愠色。

两人的手握在一起，对话却戛然而止。江城在机场与钟情相拥而别。

长途跋涉回到学校，江城首先去买双叶，回家日益临近，无须太多，一盒足以。回来的路上碰到羽歌与其五大三粗男友在一起，羽歌受爱情滋养，面色红润有光泽，身材丰满略显胖，与此男搭配稍显荒唐。江城见羽歌与自己打招呼，也没多想，微笑以对。

假期里，江城“赋闲”在家，陪奶奶晒太阳，老人家开心得精神百倍，除了讲故事还给江城做吃的。

靠诺言去证明的诺言，最不安全，就好像借钱来还钱，不断透支未来，总会有崩塌的一天。江城与苏幕突然失去了联络，这座小城反常地阴雨连绵，滴答的雨声只搅得人心烦意乱。

江城虽竭力告诉自己要平静，要心定，但他仍然有一个期盼的节点，他相信，这些只是苏幕的恶作剧而已。江城生日这天，从早到晚，苏幕没有祝福，也没有留言。这是再清楚不过的信号，江城有气急败坏的心，却无暴跳如雷的力，他像是用光电池的玩偶，只是面如死灰地一遍遍打电话，机械地听“您所拨打的电话已关机，请稍后再拨……”这声音一遍遍撞击着江城的心，让他默默地、绝望地呻吟。

第二天江城这具行尸走肉启程返校，在列车上收到苏幕的信息：“我们什么时候见？”这是苏幕最爱问的一句话，江城霎时魂归魄回，昨日的阴霾一扫而光，他瞬间忘记了沮丧，忘记了愤怒，也忘记了悲伤，他还能见到苏幕，至于生日什么的，有没有留言与祝福，又有何妨？

学校，江城坐在小亭子的长凳上等待苏幕，像是个得了绝症的病人，他想从容地等待死亡的判决，又在侥幸地期盼重生的希望。

第五章　宾馆

苏幕朝江城走了过来，江城一时间有种即将破镜重圆的错觉，笑着起身拥抱她，然而苏幕却轻轻地抗拒，默默地推开江城。江城心里一沉，愤怒却又说不出话来，这结果想来是自己可以预见却不愿看见的。

“咱们出去吃个饭吧，我请你。”苏幕勉强挤出一点笑容。

“我不想去，有什么你就说吧。”

“还是先吃个饭吧，你不是也饿了吗？”

“不去，就在这里说吧。”

“还是去吧。”

“我跟你说了我不想去，就在这里说！”江城似乎失去理智，好似一个临刑前的犯人，江城并没有吃饭的想法，却有被速速了断的愿望。

苏幕不再坚持，坐在江城旁边。天色渐渐暗了下来，在路灯的照耀下，小亭内，长凳边，却愈显黑暗。

“江城，你也知道，我妈妈反对咱们在一起，假期里我也好好想了想，你我也没有将来，你会留在这里，可我不会待在北京，以后肯定会回去，在一起的时间越长，分手的时候肯定越痛苦，与其那样痛苦，不如早早分开，这样痛苦还小些。”苏幕一气呵成，面无表情。

江城心里有过很多次预演，准备得面面俱到，如此的理由并不出他所料。

“你不要这么悲观好不好，我以后是不是留在北京还不一定，况且有什么事情到时候再说。如果为了未来不确定的痛苦，就丢掉现在确定的幸福,我觉得不值得,我也可以去你家那里啊,你家那里也很好啊。”

“未来我们一定没办法在一起的，你说的都太不确定了。你去我家那里，你的家人能同意吗？这太不现实了，江城，面对现实吧。”

“我家人当然听我的啊，他们能有什么意见，我说去肯定能去的。”江城见展望不灵，立即变为承诺。

“你拿什么来实现你的承诺？未来去我家那里，我怎么相信你？到时候你去不了怎么办？说实话，我妈妈反对咱俩在一起，其实也是对你不满意。”

江城感觉话里有话，下意识地悲光乍现：“你家里是不是安排你相亲去了？”江城心痛得厉害，强忍着眼泪没有流出来。

“是，有，不过我不太满意。”

江城扭过头，他不确定苏幕说的“不太满意”是什么意思，这看似让人开心的好消息却是点燃他内心悲怆的导火索，江城抑制不住自己，他的眼泪不住地流下来。

“苏幕，我们还在一起好不好？只要能在一起怎么都可以的。”江城扭过来，抓着苏幕的肩膀央求她。

苏幕自始至终、从头到尾都没有看过江城。

“我知道是我不好，一直都对你不好，你再给我一次机会好不好？我一定好好对你，你说怎样就怎样。我知道你觉得咱们应该出去玩一次，你看，假期里我也做了准备，我找到地方了，咱们明天就去好不好？你看啊！”江城从书包里拿出一张皱皱巴巴的纸，上面记着他做的游玩攻略。他像是个申冤无门的老人家，低三下四地拿着陈情的证据，可苏幕的“官僚”作风严重，瞄都不瞄他一眼。

“苏幕，我什么都不要，只要还能跟你在一起，求求你，求求你，好不好？”江城泪如雨下，他残存的自尊告诉自己不能这样，身体却不由得要做出下跪的样子。

“江城，不要这样，你这样也没有用的。有些事情一旦确定，就没法挽回了。江城，你就当作我喜欢上别人了吧。”

“苏幕，再给我一个机会，就一个，不要离开我，好不好？”江城晃着苏幕的肩膀，凄惨地叫道。

“时间也不早了，咱们回去吧？”苏幕站起来，冷冷地看着江城。江城像是山洞里的白毛女，他凄苦地趴在凳子上，站不起来，只能抬头绝望地望着苏幕，不断重复“不要离开我”一类的废话。苏幕虽如黄世仁般心狠手辣，可她并没有要遂了白毛女的愿。苏幕再问一遍：“一起走吧？”江城死性不改，只抽泣而不站立。此次对话中苏幕仅有的与江城的眼神交流随即结束，她的眼里没有悲怜，没有爱恋，只有似乎是无数次演练后留下的不屑与嫌厌。江城相信苏幕是经过无数次的演练，才有今日这出色的演技，她应该是舍不得的吧？

苏幕移步走开，江城的头垂下来，再抬头的时候，就只留下深深的黑夜。

江城躺在长凳上，他的眼泪似已流干，身体由于恸哭而不住地震颤。苏幕打来电话，问他回去没有，江城居然恢复自尊，说自己再待一会儿，让苏幕不要挂念。苏幕嘱咐他早点回去，随即挂断。苏幕不出所料地并没有突然出现在江城的旁边，他的眼泪归去来兮。

这几日北京阴雨绵绵，是夜无月无星也无风。江城躺在长凳上，望着巨大的黑暗朝自己压来，他神情恍惚，呆滞迷茫，只幻想能融进这三无的夜晚，再也不见光亮。

江城迷迷糊糊地回到寝室，像是宿醉的流浪汉。景乐一回家就天翻地覆，加之英语四级情理之中地没能通过，更是与家人缺乏共同语言，为避免迫害早早返校。华清这天状态不佳，稍微在自习室看几页书，也就回来，见江城犹如丧家之狗，问候之：“江城，怎么了啊？”

江城呆呆地说：“苏幕和我分手了。”华清一看江城沉默寡欢，怕他寻了短见，赶紧把他拽到楼道，陪他聊天。

子楼否极泰来，如同陪孩子学钢琴的家长，孩子没学会，自己倒有了演奏水平。赠人玫瑰，手有余香，而且香气四溢，子楼想尽办法帮韵子复习，自己却也精进不少，奇迹般地带伤通过英语四级考试。韵子却心有余而力不足，全身心铺在了照顾子楼上，子楼何时换药比单词记得清楚得多，自然折戟四级。

子楼否极泰来后又物极必反，假期里韵子与家人稍作交流，其母拿出平常给下属开会的架势，通知韵子务必与子楼一刀两断，并宣称韵子四级没过就是子楼所害。韵子只好贯彻落实上级领导的指示，在华清与江城聊天的同时要与子楼分手。

然则上有政策，下有对策。子楼好言相劝，韵子本就认为其母无理取闹，饮水不思源也就罢了，还要过河拆桥，倒打一耙，实在上不了台面，只是慑于其威，勉强答应。如今“将在外君命有所不受”，子楼哄两句便和好如初，两人相约到地下发展。

子楼顺利渡过危机，神清气爽地回到寝室，却见楼道里烟雾缭绕，过去一看，华清居然也不怕香烟，江城更是一根接一根，两人共同郁郁寡欢，唉声叹气。

对华清来说，劝导江城却勾起自己的回忆，一时间悲伤得不能自拔，想到江城不过是被顽固不化的对方家长阻挠就已经成了这样，而自己要面对的可是来自冥顽不灵的双方家长，乃至毫不相干的别人和别人的家长的阻挠，顿时悲从中来，随即陪着江城一起哭诉。华清只说他恰好也有一段无疾而终的感情，故而感同身受，有机会就会跟江城说清楚。江城自顾不暇，更是不会点破，两人越聊越心伤，作势就要抱头痛哭，幸好被子楼拦住。

一般对于受打击的人来说，只要肯倾诉，就会有出路。然而倾诉对象必须经过严格筛选，好比江城向华清倾诉，无异于羊入虎口，沟通时间越长问题越大，两人险些就要开始讨论各种自杀方法。子楼见华清状态稍好，而且他的这段含糊不清的感情自己也不甚了解，赶忙把华清打发回去，自己则留下来陪江城抽烟。

子楼听江城讲述事情的经过，从已知经验出发，给江城技术层面的建议，让他把以前所有留下的有关苏幕的东西做一次集中整理，再次回味之后随即了断。

江城躺在床上，心痛得无法合眼。他恍惚以为苏幕与自己的分手不是真的，但马上又劝诫自己还是面对现实，如此来来回回、反反复复，思想短暂偏离轨道，更是难以入睡。就这样迷蒙、纠缠、交错，在梦醒之间，也就到了第二天。

上午没课，江城听从子楼的建议，躲在屋里收拾以前的东西。他把苏幕的短信誊写在一个小本子上，对江城来说，这每条信息都代表一个画面，画面随着抄写，越聚越多，串联成一部影片。江城不由地回想，不由地悲伤。这部影片一定是个悲剧，可即便是悲剧，他也希望影片能够继续，但是从今以后，主角们分道扬镳，他们不再有一起出演的机会了。

江城看到自己和苏幕与雪人的照片，笑得是如此灿烂，他责怪自己，可又毫无意义。想起竟然还没有给外教发送他与雪人“江苏”的合影，赶忙写封邮件发过去。然而时过境迁，或许这邮件地址已是空号，一如“江苏”这个名字一样，只是代表一种过去。江城开始小声地啜泣。

江城整理翻到苏幕给他的纸条，这纸条被冷落半年多，上面还真的有一层浮土，由此可见寝室卫生条件之差。江城弹去尘土，再次阅读。“你一定想我了吧，我现在就飞奔过去找你。”这画面好似就在昨天，苏幕昨天还喜欢自己，今天就背信弃义，她再也不会问“我们明天什么时候见？”苏幕应该再也不想见自己了吧。想到这里,江城放声大哭。

这楼道似有灵犀，静得出奇，江城的哭声围聚在这里，游荡着不愿离去。

华清碰巧回来，见江城哭得伤心，本想前去安慰，结果再次被触动，圆了昨晚的愿望，与江城抱头痛哭。江城理智依稀残存一丝，知道人在脆弱时感情特别活跃，又见华清正在与自己亲密接触，此举更易加强情感深度，故而用尽全力克制自己。终于在华清的客观帮助下，江城渐渐停止哭泣。

下午本来不想去上课，然而江城在寝室被摧枯拉朽的心痛压得几近窒息，喘不上气，只好勉为其难，妄图转嫁注意力。然而江城与苏幕热衷自习，教学楼里自然都是回忆，楼道充满或温馨、或吵闹、或平淡、或欢乐的回忆，如阴魂般萦绕在江城的四周，让他感受到痛彻的寒意。

下了课江城就急急跑回寝室的楼道，与双叶共舞。双叶可以让他眩晕，却不能让他迷离，他越来越清醒。自己对苏幕本就不好，还是她说得对，自己一开始就是找个人陪，这个人可以是苏幕，也可以是别人，白天都不敢带她出去，跟做贼一样，她虽然不说，可是一直都记得，这怕是已经成了她的心病。况且苏幕喜欢自己多表示一些爱意。她说了多少次想出去玩，自己为了省点钱，就推三阻四，或许当时一咬牙，开心地玩几天，她也就回心转意了，硬是拖到现在。现在好了，钱全都省下来了，可是又有什么用呢？能用钱解决的话，自己一定愿意借贷足够多的钱，哪怕下半辈子一直还，可惜能用钱解决的，通常又都不是问题。她妈妈想的也没错，苏幕跟了自己，断然不会幸福，自己都没有认真想对她好，更不要说行动，自己凭什么能跟苏幕在一起，就凭自己通过了英语四级考试？到现在连一个拿得出手的本领都没有，未来的方向也不清楚，如此这般，怎么让女孩子和她的家人安心？江城越想越低落，自觉应了古话，自作孽，不可活。

这天江城照例在楼道里发呆，子楼专程来看望江城。

“怎么样，好点没有？”子楼递给江城一根自己的中南海。

江城将其点燃，“唉，都是怨我自己，我对她不好，所以人家才失望，真是她跪着开始，我跪着结束。她妈也太封建了，连这个都管，也怪不得她，女孩子都听妈的。子楼，你说，你觉得苏幕现在会不会想我，她是不是也会后悔啊？”

“我觉得她应该没想你。江城，不用把什么责任都往自己身上揽。我跟你说，人的感情，消失很难，但是转移很容易。”说着子楼抽一口烟。

江城这几天心情低落连带反应迟钝，并没有领悟子楼的意思。

“我看见苏幕和另一个男的在学校里散步，她说的那些都是借口罢了。”

江城忽然想起苏幕说“就当作我喜欢上别人了吧。”原来，只有这句假设是真的。可耳听为虚，江城并不愿相信子楼。

江城整日闭门不出，自然没有眼见为实的机会，他心痛得厉害，下定决心要做最后的挽回，想见苏幕最后一面。子楼助人为乐，愿做中间人，牵线搭桥。苏幕答应周六再见一面。

江城兴奋得好似中彩，认为既然愿意见面就定有余地，故而积极准备，复习考试都没这么认真。其实恋人分手后的仇恨大致分为两种，一种是咬牙切齿，一种是乐不可支。通常感情浅，自认为被伤害的一方会属于前一种，只想着怎么白刀子进红刀子出，江城对吴昔便属于此类。而感情深的，只要是被动结束的一方，都是乐不可支型，仇恨固然强大，然而只要对方给一丝丝积极的回应或者复合的希望，之前的所有仇恨便可欢快地一笔勾销，这种情况通常意味着刻骨的记忆以及渺茫的希望。江城现在属于后一种，他却不愿面对真相。

终于挨到了周六，子楼陪江城同往。子楼特地嘱咐江城先抽一根烟，平静心态。谁料江城一看到苏幕，就如饿狼觅到了食物，顿时两眼一绿，立马冲了过去。子楼无奈，只好扔掉才抽了一口的中南海。

子楼先劝了苏幕几句，现身说法说自己和韵子也有类似问题，不就是家长不同意嘛，总会有办法的，现在两人也没分手。可看苏幕毫无反应，只好退下，放江城做最后一搏。

江城准备充分，恩威并施。一方面埋怨苏幕没有给自己过生日，怎可如此狠心；一方面又说自己并不在意，只要能重新在一起，不仅所有怨恨随风而逝，而且会加倍对苏幕好，决不食言。甚至妄想通过《读者》上的小故事感动苏幕，说有一个人只顾赚钱，对家人漠不关心，一次地震差点被震死后良心发现，原来能跟自己心爱的人在一起才是最重要的，最后有所感悟，和爱人开心地生活云云。说完自己都浑身的鸡皮疙瘩。

苏幕听江城说了一堆，只淡淡地说没有可能了，让江城不要过于伤心，以后没事也就不要见面了。江城其实自知会是这样的结果，倒也不意外，省去最后的挣扎，脑中一片空白，浑身松软地勉强站起来，只想与苏幕做最后的拥抱。苏幕苦笑着拒绝，留给江城一个陌生的背影。

江城独自躲在楼道抽烟，他知道今日已是句点，可仍旧挡不住徒劳的怀念。好在这深邃的夜晚，他有青烟相伴，也就不算孤单。

就在这时，甘州与江城重新取得联络。

毫无疑问，异地恋是高难度的技术动作，并不适合大多数情侣，这一方面需要两人专一地相互挂念；另一方面又要两人默契地减少控管，颇有些马儿既跑又不吃草的味道，当中分寸，极难拿捏。甘州与其男友皆为平男凡女，分寸不出意外地拿捏失当，加之其男友的前女友也在广州，坐拥天时地利人和，三者兼备，稍微勾引，甘州自然毫无悬念地败下阵来。甘州听闻江城也有类似遭遇，两人同为难兄难弟，于是主动展开沟通交流。

傍晚时分，本是江城与苏幕吃饭自习、甘州与男友视频聊天的时间，然而如今两人的习惯均被打破，百无聊赖只好互相取暖，相约在周边小公园散步。聊天的内容毫无交集，只是各自诉说前任的优点、自己的后悔与怀恋。倾诉之后，心情稍好，也就各自回去。

甘州向江城提议一起到京郊散心，江城稍做准备，就与甘州坐上了前往京郊的大巴车。

两人既有陌生的兴奋，又有未知的期许，一路上倒也颇多欢笑，暂时忘却了烦恼。两人共同游山。阳光驱散了山中的寒意，只在竹林与古庙间留下沁人的平和与安然。轻松的旅程结束，两人乘大巴车返校。

中秋过后便是深秋，一切照旧。

之后江城陪甘州购物一次，两人竟为江城是否应该帮甘州拿包争执起来。江城自觉这样下去相当危险，甘州也心有戚戚焉。不久甘州通知江城自己找到新男友，江城也曾偶遇之，除了些许小失落，倒也坦然。两人自始至终没有谈及两年前的第一次见面。

此时的江城，急需找一个事情让自己忙碌起来。江城想到前两天选修的一门新媒体课的老师曾公开招募去某知名网站的实习生，于是赶忙做了份简陋的简历发送过去。等了两天，江城竟被录取，通知他翌日上班，江城不由得感慨上帝给你关上一扇门，就会打开另一扇窗，忙不迭从这上帝的窗户跳了出去，开始实习。

江城幻觉自己是金子到哪里都会发光，简历虽然简陋，但是其中仍有自己都没发现的亮点，因此才被网站慧眼识珠。一时间骄傲自豪，叹服于自己有的放矢，弹无虚发，走路都有点趾高气扬。上班首日，走到校门口恰好碰到苏幕“夫妇”，虽然心跳得厉害，但还是一副凛然的架势，心想：“知道我要去哪里吗？”

来到实习公司之后，工作一天，却与幻觉相去甚远。首先，江城能来，绝不是什么能力的体现，而是此部门实在缺人，那邮箱又是主管的邮箱，主管登录，恰好看到江城的简历，随即把他招了过来，至于简历内容，一共也只看了姓名、性别与联系方式三项。其次，此网站乃隶属于某著名报纸，为其网络平台，虽有新媒体之名，却行老媒体之实，内容毫无新意，基本以报纸内容为主。通常来说，如果不是操作失误，一般人不会上此网站浏览信息。江城所处的部门又是“生活健康频道”，实在是网站的边缘。最后，主管四十尚不足，三十颇有余，虽有几分姿色，但也人老珠黄，既无爱人，也无孩子，一心扑在这毫无前途的工作上，结果必然是情绪极端异常，性格猜疑妄想。这也解释了为何主管的邮箱里只躺了不多的几份简历，而江城身为唯一的男性，理论上更具抗击打性，故而脱颖而出。江城到岗后，加上主管，频道一共有两名员工，平日的内容更新，主要由编辑江城完成，他更新的内容自己都不愿多看一眼。

然而这份工作也绝不是一无是处，江城由小道消息获知，他目前的编辑位置一旦转正，不仅解决户口，每月竟有五千元可拿。想想这毫无技术含量的工作都有五千元，实在是性价比高得吓人。过往几届的同学对自己说户口薪资只能二选一的教导犹在耳边，江城的内心当中第一次有了对工作的向往，他觉得这份工作就是自己的理想。

对现在的大学生来说，何为理想，其实也没什么标准和定义。毕业时都希望月薪四千元带户口，小时候人人都想当科学家。不过这两个理想也有共同之处，就是都来自别人的意见。其实也未见得这理想就是出自于真心，只是似乎只有这样才不会显得离经叛道。江城这工作高于一般理想水准，必然获得舆论的高度赞扬，跟父母说过之后果不其然，其父认为平台广大，多学知识，争取留下；其母更直接，要江城排除艰难险阻，负重而忍辱，决不能把这好机会拱手让出。

江城待了一段时间，知识学了不多，羞辱倒是不少。主管恋爱经验趋近于无，自然不知道包容和谅解为何物，善于小题大做，江城的小错瞬时变大错，赔礼道歉自不在少。与此同时，主管性情更是极端变化，好时夸江城是朵花，坏时骂江城是坨渣，起伏太大。江城整日提心吊胆，电话铃声一响，就觉丧钟为己而鸣，若不是办公室天花板太高，果真要上吊自杀。此外，主管还尤善跟踪侦察，自以为是人群的中心，别人都是谋杀犯或潜在谋杀犯，对江城这唯一的属下也小心提防，见他与别的主管走得近点，便要当面训斥一番，既树立自身权威，又给旁人下马威，一举两得。江城既要抄别人的新闻稿子，又要当主管的出气筒子，实在是一心难以二用。听闻之前的几个实习生连一个月都坚持不了。自己身为实习生，累死累活也无钱可拿，只有一个不知何时才能实现的期望，江城感叹自己的悲凉，心里又不平衡得厉害，渐渐想逃跑了。

景乐四级未过，家人大为恼火，冷静之后督促他用心复习。景乐见有机可乘，遂以报名四级辅导班和买复习参考书为名向家人索要三千块，加上平常自己的结余，购买二手单镜头反光相机一部，正式跨入摄影爱好者的行列。有道是“单反毁一生，摄影穷三代”，景乐目前无后，还体会不到穷三代的威力，不过却也有毁一生的压迫。景乐结余用光，为了瞒天过海，只好靠给人照些廉价艺术照赚点小钱，贴补“家用”。偶尔出门揽活，经常闭门休憩，四级资料自然被束之高阁，通过之时更是遥遥无期。

这天江城实习结束回到寝室，见景乐正在擦拭镜头，随即让他帮自己照了几张。江城看看成品，不由地感慨景乐进步不少，果真已经脱离了昆虫研究的阶段，照得像个人样了。景乐说是工具使然，会使用工具是人区别于动物的关键，会使用单反是专业区别于业余的表现。自己的单反虽是个二手的，但却多了几分岁月的沧桑，多了些许成熟的历练，“你看，连快门都摁一下拍三张，有些不灵了”。

最近天气晴朗，灿烂的光打在树叶，只几天就把它们染黄。站在树下，黄叶摇曳着阳光，那里既有刺眼的温暖，又有和煦的慈祥。一夜狂风过后，黄叶落在地上，它们无人问津，渐渐被遗忘。

频道新进一个员工，主管日理万机，自然无心过问。江城居然成了老员工，被主管赋予培训新员工的重任。江城不敢怠慢，培训一丝不苟，新员工成长迅速，没几天就把这无技术含量的工作全部掌握。新员工初出茅庐，比江城只大一级，两人颇多共同语言，平日相互照应，日子倒也增加些许欢乐。过了几天，主管经过侦察，认定江城在频道中拉帮结派、搞小团体、架空主管。江城无力辩解，只好认下这结党营私之罪，书写检讨一份。为有立功表现，接下来的一段时间江城有意疏远新员工，两人各说各话，各干各事。然而此时临近年终，工作量加大，两人却配合减少，自然偶有拖拉，加之一次江城忘记将一份常规通知交予主管，又被主管冠以隐瞒不报、自私自利、效率低下的罪名。江城既办事不力，又欺君犯上，态度能力都有问题，面对主管皇恩浩荡，着实罪该万死。虽然几次都想撕破自己脸，打爆主管眼，但还是碍于要满足父母的期望，实现自己的理想，避免返校触景情伤，只好把副业当主业，修身忍性，继续在网站修读“检讨写作”这门课程。

这天主管生病没来，江城一天过得轻松自在，晚上下班时居然收到苏幕的信息一条，问江城是否在学校。江城欢快地想，这好事成双果然不虚，一定是苏幕和现男友出了什么问题，又看到自己目前有出息，所以后悔想挽回。江城本想发送“我在学校，你在哪？你想我了吧，我现在就飞奔过去找你”，整条信息既凸显心急如焚，又表现感情纯真，与苏幕写的纸条呼应。但是转念一想，自己让苏幕给弄得长时间心如死灰，还落荒而逃，连寓言感化、下跪求饶的戏码都不自觉地演了出来，实在脸面丢光，故而不能如此轻浮。最终江城还是决定先压一压，等等苏幕的第二条消息，只要苏幕肯稍微低头，自己绝对鞠躬尽瘁，死而后已。

江城幻想自己终于可以覆水再收，做马当牛，一路上欢天喜地，只觉得月光好似阳光，寒风轻抚面庞，不觉心神荡漾。面对即将返校的路程，自己也不再恐慌，甚至有些心驰神往。

回到寝室，苏幕的第二条信息却迟迟不来，江城正在踌躇是否主动出击，景乐正好回来。

“你收到苏幕的信息了吗？”

“收到一条，怎么了？”江城奇怪景乐是怎么知道的。

“哦，刚才恰巧碰到她，她见你没回复，就让我问你一下，她是不是有件衣服还在你这里，如果是的话，就还给她。”

江城突然想起自己给苏幕洗的衣服中的确有一件留在了自己这里，当时苏幕的意思是，这衣服也快烂了，留你那里吧，要不还得占我的地方。如今一件破衣服都要拿回去，真是“胸怀宽广”“大气磅礴”。江城希望落空，不由得怒火中烧，随手找出衣服，强忍住没有啐几口、踩几下，交给景乐。

“景乐，这就是那件衣服，你也不用见她，麻烦你给她放到楼下吧。”

“好的，她也是这么跟我说的。”

江城一听，苏幕早有计划，不仅希望落空，而且被击得粉碎，后悔刚才没有啐几口、踩几下，如今交出去的衣服，泼出去的水，不好再拿回来，只好求助双叶，默默窝在楼道。

江城不断暗示自己没希望的同时，也没有间断暗示自己有希望，如今自作多情，苏幕冷酷无情，多情却被无情恼，实在伤得厉害。幻想结束的日子究竟在哪天，江城吞云吐雾，面对夜晚，却没有答案。

江城实习的网站最近通过公开考试选拔主管，旁边频道的一个老主编因为学历不够，只是个本科，第一轮就被淘汰，终日唉声叹气，只好等着退休。与此同时，另一频道的一个实习生居然在上班时昏倒，被送往医院，闹出纠纷，领导一看大事不好，果断下令两周内清退全部实习生。

江城犹如抓住救命稻草，立即假装悲伤地通知家人自己要被清退的消息。父母闻讯，无不哀怨悲伤，只说错过此等好机会，不知下个机会猴年马月才能再遇到，反复哭诉“我儿命苦”，让江城挺住。江城谨遵教导，打电话时身体挺得直直的，打完电话便约寝室其余三人吃饭，美其名曰“离职宴”，以示庆祝。

主管单独约谈江城，正式通知他离职的消息。江城此时全无离别的感伤，满脑子尽是对自由的向往。江城情绪激动得按捺不住，只好少说话，免得穿帮。主管见他沉默不语，拍拍他的肩膀，叫他不要过于沮丧。

主管说这段时间辛苦江城了，虽然他是个实习生，却肩负了正式员工的责任，自己脾气不好，骂他也骂得最多，让江城不要放在心上。主管认为江城克己忍让，未来前途无量，自己准备一点微薄的心意，让江城收下。

江城难得见主管甜言蜜语地真情告白，如今又有钱拿，一时间被感动。江城想，这网站若不是报社的资金支持，肯定多一天也坚持不下去，主管一个单身女人，没啥家庭生活，还要一门心思在这边缘网站的边缘部门，面对边缘的平方，想必谁也没法气血顺畅，主管也是不容易，自己险些声泪俱下。然而转念一想，估计主管也是失去后才知道珍惜，倘若继续工作，必然一如既往，自己切莫上当。而且主管有什么好不容易的？这位置钱多活少，是每个女人梦寐以求的职位，没有家庭，也赖自己，哪个男人要天天回家挨骂？至于给的金钱，也全是自己辛苦所得，触摸其厚度，与付出却完全不成比例，又有什么值得感恩的地方？江城自我说服成功，微笑着说声“谢谢”，就赶忙退下。

是日艳阳高照却寒风凛冽，江城兴奋异常，时而逆风起舞，时而迎风流泪。这世界阴晴两隔，江城沐浴着阳光，幸福得像傻子一样。

回到学校，时值下午，校园熙熙攘攘，好似集贸市场。江城叼着双叶，望着人群，顿感轻松解放，想来学校才是好地方，既无工作的压力，又有美好的时光，即便是无所事事，也无须胡思乱想而坏了心肠。

第六章　铅笔

农历新年是团圆的时间，江城的父母金钱不多，地位不高，好处在于可以多陪江城。从小到大，江城过年的时候都跟家人在一起，全家人一起包饺子、看电视，年纪大点的人管这叫作天伦之乐。小时候江城认为这是管制束缚，天天盼着逃脱牢笼，自由飞翔，可如今真的能飞了，反倒是飞了回来，加之情伤未愈，更是没出息地天天帮家人买菜搞卫生，果断放弃数个高中同学聚会，以求在家能获得心灵安慰。相比江城，父母自然是见过大风浪，如此情伤只觉得可笑，不过由此儿子能陪在身边，也觉得这可笑颇有存在的意义。

陪伴并不是个虚词，得有载体，例如陪伴着干什么。江城陪伴家人买菜、做饭，这些都做完，也就剩下看电视了。江城偶尔于网络上观看美国电视剧，江城自然喜闻乐见，然则江城父母毕竟内敛保守，下意识里认为接吻都算黄色内容，美剧自然不适合全家观看。

美剧不行就看我国的电视剧，新年假期大家都放假，电视台也顶多留几个值班的人，最好的办法就是播放电视剧。因此，此时段大放送成灾，颇有清仓甩卖的意思：货物眼看就过期了，一块儿低价卖出去，免得占用货仓。于是乎本来这段时间观众们闲着，电视台倒没了人手，拿重播糊弄人，等到平日里费尽心机再制作直播节目，观众却还在上班，错过了尝鲜的时间。

江城与父母一道看一部名叫《奋斗》的电视剧，大致就是几个好哥们儿大学毕业后，男主角才知道自己的爹是后爹，之后天上落下个富亲爹，顿时飞黄腾达，实现抱负；接着又不想受其摆布，开始独立自主，还顺便把前女友一家给坑了。前女友一家却不计前嫌，宽宏大量，轻松悟出人生真谛，游玩去了。“男二”一毕业就结婚，结了婚就在丈母娘的帮助下买了房，每月挣六千元还嫌少，媳妇闹离婚，“男二”再找女富豪一名，后又果断抛弃女富豪与前妻复合。“男三”人穷志不短，与女友和偶然认识的哥们儿开餐厅，虽然女友与哥们儿跑了，但“男三”却有美剧主人公的肚量，最后只落得个大富大贵的下场。大放送一天十集，最后一天更附送两集，一部电视剧三天播完。江城和其母看得津津有味，其父勉为其难看了三天，一针见血地指出：“这些人也不上班，也不工作，成天吃吃喝喝的，起个名字叫《奋斗》？不如叫《享受》

吧？”江城一听，自己的爹果真有水平，三天都忍住没评论，一评论就蛇打七寸。大学毕业了要真是这样，自己随便当其中哪个人都行。

这几天江城反复都在做一个梦，梦到自己和苏幕晚上来到海边，自己坐在沙滩上，看着苏幕走远，走到海里。江城大喊：“危险，回来！”苏幕却扭过头来笑着喊：“我要去找我的宝贝，我还没有找到它！”说着苏幕就不见了，江城想起身去找她，却怎么都动弹不得。第二天醒来，清楚地记得梦里的场景和心痛的感觉，几次都想告诉苏幕，可还是欲言又止。

受实习的时候老主编晚景凄惨的影响，江城认为，要做到主管的位置，就需要一个研究生学历，于是跟家人说自己想去英国读硕士，询问家人的意见。

父母一听，大喜过望，只觉得儿子如今开窍，既参加实习锻炼自己，又这么上进想要考研究生，虽说家里积蓄不多，但是拼七凑八也有一些，只问江城需要多少钱。江城事先经过了解，说三十万元人民币足矣。父母一合计，认为只需稍微跟别人借点就行，欢快地答应，让江城好好准备。

江城选取英国倒不是有什么偏好和志向，总的来说这只是个数字比大小的问题。美国需要考托福与 GRE 两门考试，中国需要考政治、英语、两门专业课共四门考试，英国只需一门雅思，此项英国胜出。再说时间，中美皆需两到三年，英国只需一年，英国再胜。虽说中国的花费最便宜，但难度着实大，复习四门和复习一门实在不是一个概念，况且花费问题并非自己的管辖范畴，父母都说没问题，那就是没问题。

江城母心直口快，接下来逢人便说，儿子有出息，不仅实习的单位好，如今又想去英国，砸锅卖铁也得帮他完成理想。亲戚朋友更是直夸江城妈妈祖上积德，生了个好儿子。但事实上砸了锅，卖了铁，估计也就卖几毛钱，跟完成理想的关系不大，同样地，江城想去英国只是因为相对简单，也非出于理想。这下消息传开，江城骑虎难下，为避免给家人难堪，只好硬着头皮开始准备。本来江城看雅思还要考口语和听力，已经动了转移目标到中国研究生的念头，如今也只好不了了之。

为了解更多相关信息，江城特地联系敬老社团内有申请英国大学经验的师兄一名,两人相约学校见面。寒假还未结束,江城便启程返校。

师兄近日拿到英国某著名大学的录取，可谓意气风发。然而师兄平日里醉心学术，是为学术大家，既看不惯比自己好的，也看不起比自己差的，又觉得自己独一无二，更不可能有与自己同一档次的，故而看谁都不顺眼，其他人自然对他虽不敬却远之。师兄空有一身经验急于分享，却没有对象，见江城虚心求教，自然倾其所有。

江城与师兄相约学校的咖啡馆见面，江城先给师兄点了些奶茶薯条之类的垃圾食品。师兄见不仅可以一吐为快，还可满足口腹之欲，一时间更是思如泉涌，口若悬河。江城原先只是相关的信息干旱，要点春雨滋养一下,不想却由旱转涝,不时偷偷地用纸巾擦去脸上的口水。

整个对话师兄以炫耀自己为主，攻击别人为辅，扯了半天没用的，信息多得快让江城爆炸。记得有个俄国人说过，人有知情权，也有不知情权，某些情况下后者更重要。江城顿感这才是真正的大家，不仅探讨学术，更顺带预言。江城的不知情权受到严重践踏，眼看就要支持不住，跪地求饶，赶忙岔开话题，问师兄雅思考试怎么准备。

师兄笑答，一个星期就够了，做几份题，熟悉一下就行。江城一听，欢欣鼓舞，没想到这么简单。刚要结账作别，回去庆祝一番，才知道师兄与自己的水平根本不在一个等级，四六级考试均比自己高出一百多分，看美剧都不用字幕，恨不得自己翻译，霎时受到打击，沉默不语。师兄见这厮情绪低落，也就没了兴致，带着满意的笑容离开咖啡馆。

回到寝室，景乐自然早已归来，见江城郁郁寡欢，觉得他还是为情所困，恰巧自己要去旁边的师范大学外拍赚钱，故而提议江城做自己的摄影助理，工作之余，顺便游玩。江城之前从未去过该校，想想自己也无事，加之距离不远，也就随行。

此校最大的社团举行社友大会，规模宏大，然而人手不足，景乐在周边学校里以技术合格、价钱出众闻名，自然被列为外援首选。负责接待他们的女生名叫易南。

易南到校门口迎接两人，景乐与易南只发过信息却未曾见面，如今有幸得见。为凸显绅士风度，景乐首先发话，以打破尴尬氛围："你们这活动不错，很正规啊，你戴的绶丝都很漂亮。"

易南被搞蒙，想自己只负责接待，并不负责任带饭，况且早跟景乐说好只有一点酬劳，是不请客的。

景乐见易南面有疑惑之色，进一步解释："就是你身上戴着的绶丝啊。"说着用手还斜着比画一下。

江城本来也被搞蒙，见景乐的肢体语言方才明白，赶忙制止景乐不要再继续丢人现眼，小声对景乐说："景乐，那是绶带，谁告诉你是绶丝了？"

"哦，哦，绶带，你戴的绶带还挺漂亮的。"景乐脸面涨红，成了关公，为防止继续露怯，索性装哑巴。

易南恍然大悟，笑着解释说为搭配大会主题，所有的东西都和社徽一个颜色。景乐好心办坏事，场面更显尴尬。易南说着引领二人到会场。

一路上景乐哑口无言，只好换江城和易南交流。易南个子不高，却出奇地白，裹一条墨绿色的绶带。江城突然觉得还是景乐观察细致，这绶带还真像片海苔。

易南把二人带到会场，给江城留下电话，说有事找她，接着就招呼别人去了。江城除了看管随行物品，就是充当观众。坐着看景乐戴个工作人员的名牌，忙前忙后、取景摄影，觉得他还挺像个专业人士。

回去的车上江城浏览景乐的成果，感慨他取景颇具深意，与大会主题完美契合，景乐一脸疑惑："大会是什么主题？"江城讥笑景乐拍会议不知道会议的主题。

江城想到自打给王大爷做饭的时候吴昔就开始准备出国的事情，想必应该有些经验，于是与吴昔取得联系，果不其然，吴昔连雅思都考了。

两人约在咖啡厅见面，大学熔炉四次发生效力，吴昔的穿着走贵妇路线，搭配瓷娃娃的脸，实在是惊为天人，人神共愤。然而抛去穿着的问题不谈，吴昔倒是提了颇多有用的建议，加之吴昔英语水平虽强，倒也不过分，江城根据吴昔的复习时间，大致勾勒出一个自己的规划。江城连声说谢，买单全部饮料食物。吴昔认为是件小事，被谢得都有些不好意思，两人的关系进一步恢复。

江城上网时偶然发现易南在线，便与其攀谈，几天下来，关系倒也拉近许多。

这天易南说自己又要去兼职，来不及吃晚饭，实在郁闷。江城问了她兼职的时间与地点，却再没有回音。晚上易南下班的时候，见江城拿着买好的食物站在门口，吃惊之余也不由得为之动容。

江城跟易南聊了几天，隐约感觉她对自己应该是不讨厌，故而有强烈的预感，自己要找的女孩出现了。此时的江城已经知道付出的重要性，认为自己再也不能犯同样的错误，因为没有付出而后悔，故而从一开始就策划惊喜给易南。

接易南下班已经持续了一段时间，江城决定发起总攻。是日准备玫瑰花一朵，与晚饭一道交予易南。易南看见这枝价值十元的廉价玫瑰竟临花涕零，不知所言，极为感动。江城的追逐行动出乎意料地顺利，圆满成功。

这天江城于晚间前往易南的学校自习，两人刚在一起，自然甜得发腻。易南在自习时忽然觉得胃疼，想喝点热的东西。江城虽然对此学校不甚熟悉，但还是以最快的速度购买热牛奶一罐。易南再次被感动，摸着江城额头上的汗水，埋怨道："跑那么快干什么？"

时间不早，江城要赶最后一班公交车。易南与江城一道下楼，此时的自习室已经人迹罕至，易南把江城送到校门口，江城与她吻别。此时春已至而冬未远，夜风阵阵，阵阵深寒，江城随着呼吸吐出白烟，这烟雾也只是瞬间，短暂停留便飘洒四散。他举头望向模糊的月亮，却觉得月光灿烂，冰冷的空气冻不住他的笑脸。

美好的时光总是过得特别快，最终的结果也不免是悲哀。江城所定的学习时间表大限将至，他只好强打精神，报名雅思培训班一个，作为复习计划的第一步。

十天的课程居然要收两千块，教室又坐了近两百人，最后一排看老师只是个黑点。江城报名稍晚,处在悬崖的边缘,勉强看清老师的脸,正当愁眉不展之时，却发现第一排有空位一个，赶忙暂时霸占。

江城的一左一右有一男一女两名同学,经过了解,此二人均为再战,左男首战自觉不甚理想，但成绩已是江城的幻想；右女首战还算满意,不过考的是托福，此次转战雅思，只为逃掉 GRE。

左男二战,因而具有丰富的经验,且一战成绩斐然,瞬时化身助教,为前后同学答疑解惑，不时接受“你真强”“怎么这么厉害”“你都才这点分，我可怎么办”之类的赞叹。左男也佯装谦虚，说自己不过尔尔，还差得远。旁边一个女生信以为真，实话实说左男的口语的确有些乡土气息。左男立即予以反驳，说自己是标准的英式口音，她讲的是乡村美音，自然没有共鸣。接着此女的问题便一概无可奉告。右女恰好相反，心胸宽广得能骑自行车，只把课桌当软床，每日的上课铃声便是信号，进入一天的梦乡，下午结束后收拾一下，补个妆，也就回去了。

江城的位置在左男右女的中间，正好是个缓冲调和，他既没有左男的实力与烧包,也比右女学得多而睡得少。熟识之后,右女对江城说:“上课不睡下课睡，你这不是浪费时间吗？”江城无言以对，心想这话在学校里通常是自己跟别人说，如今听到还怪怪的，自己也只是因为费用昂贵才努力听课，也并非是发自内心。由此可见代价对于学习的重要性。

江城在这第一排的位置坐到了最后一天，也未有人赶走他，说明这里的确是有个同学的，而这同学的确也是没来。江城不由得感慨此君白白扔了两千块，实在是痛快，然而看看熟睡的右女，估摸着此君也不过是改变了睡觉的地方，让自己睡得更爽。由此看来右女着实有点看不开，何苦在这里受罪呢？不过最终还是自己得了便宜，江城感恩戴德，随即在课桌上刻下“Thank You”，以期未来的某天此君可以看到自己的谢意。

最后，老师根据大家考试的不同时间给予相应的复习计划。教室犹如凌霄宝殿，汇聚各路大仙。翌日为周六，老师问谁是明天考试，竟有数位大仙举手，老师旋即给出建议，说让他们回去好好睡觉，书也就别看了。再问谁的考试间隔超出半年，又竟有数位高级大仙举手。老师的建议也很中肯：一周复习学过的内容，休养生息近半年，然后重返此地，再学一学，按照一个月的复习计划执行即可。江城被各路大仙的仙术震惊，而老师既然问得出来，想必也是佛祖转世，见多识广，不由得感慨自己法力太低，还未得道，遑论成仙，乖乖记录与自己相应的复习计划，匆匆结束了这培训。

十天的培训，江城共得到听、说、读、写秘籍各一套，搭配不断的暗示和催眠，如今自信心直上云天。然而江城的信心犹如好大一头猪，能力却似一只小仓鼠，连个葵花籽都抱不住。一份真题做得“生灵涂炭”“满目疮痍”，秘籍又用着不顺手，做一题翻三下，连韵子做四级的本事都没有。江城大喜接大悲，心理起伏过大，只感叹成功学害人不浅。

江城见自己受过培训还不灵，只好求助别人。虽说自己和吴昔的关系业已恢复，然而她考试都已经通过，与自己进度不同，况且关系恢复也不等同于和好如初,因此放弃。班上还有其他几个要出国的同学,大家进度相当,江城找到了其中的代表——柳烟,以获取经验。

柳烟这个名字本来颇具诗情画意。学校旁边的公园就有柳树,每到春天,行走在烟柳河畔,只要不被柳絮糊了一脸,感觉上既清新唯美,又贴近自然。然而不幸的是,柳烟父母虽文采斐然,却先天不足,其父姓“朱”,致使整个名字病入膏肓,无药可救,连起来念总觉得是道菜,可能和“猪柳”有什么关系。

柳烟平日里与男生几近素无往来,也瞧不起江城这种口碑不好、换过女友的货色,只醉心于学术与成绩。其实这也很好理解,歌德说,哪个少女不怀春,哪个少男不多情,可见男欢女爱绝对是人之必需,至于不热衷此道,通常也不是清心寡欲,而只是无能为力。一般尚有理智的男人不会看上柳烟,柳烟只好从别的地方寻找自尊,开发了学习的潜能,学习成绩上去了,更不可能有人追,形成恶性循环。柳烟索性删去脑中有关恋爱的模块,全身心投入学术。如今见江城自己找上门,故而开心与不屑同在,愤怒与复仇并存,既有炫耀的欲望,又有傲慢的矜持。

这天江城与柳烟一起吃饭,江城先帮柳烟端盘子,进而又听了半个多小时的护肤心得。柳烟说最近刚买了一种面膜,紧致毛孔的效果奇佳。江城听得怒火中烧,心想如果真有此种面膜,那柳烟也应该率先紧致鼻孔,怎么能分不清轻重缓急呢?一顿饭吃得拖拖拉拉,到食堂员工都午休了还没进入正题。

虽然柳烟有一副从郁郁不得志瞬时到万众瞩目的孤傲嘴脸,但实际上却心思极其简单。江城发现只要对柳烟有足够多的夸赞,柳烟就会毫无保留地把所有情报和盘托出。江城投其所好,先夸柳烟学术厉害,英语优秀,又夸柳烟减肥见效,身材苗条,再夸柳烟皮肤紧致,白嫩轻弹。柳烟被江城夸得忘乎所以，飘飘欲仙，进而乖乖就范，把自己复习的技巧一五一十告诉了江城：一天中早晚的时间怎样分配，作文口语模板怎么制作，阅读与听力的真题如何复习……江城只恨自己没有录音笔，徒手记录快抽了筋。

之后柳烟数次找江城共同复习，江城皆以各种理由推三阻四。柳烟好似被抛弃，怨恨得厉害。谁知在网站碰到了羽歌。柳烟跟羽歌诉说江城这人心机太重，城府太深。羽歌为获取柳烟的信任，更翻出近三年前江城追自己的往事，向柳烟交底。柳烟在书斋里待得太久，乃不知有汉，更无论魏晋，居然大喜过望，以为发现了鲜为人知的新闻。虽然柳烟依然碰壁，不过也收获了羽歌这个好朋友，算是因祸得福，渐渐地也就平息下来。

江城综合柳烟的情报，结合自身的实际情况，量身制定一套复习计划。每天的起床时间定为八点三十分。本来他想定成八点起床，怎料实验一天,闹钟虽响,但身体却动弹不得,内心直说没事,再睡五分钟,结果一连多睡六个五分钟。江城看自己意志薄弱，然而若是超过九点还没开始复习，与实际考试时间不同步的话也就意义不大，索性直接定到八点半起床。

华清自打半年前就开始七点半准时起床复习，半年来除了偶感风寒之外，从未间断。江城原先不觉有什么了不起的地方，如今实际体会，发现华清简直是个英雄。华清劝江城早早就寝，以便复习，更向江城灌输哲理三条：第一，生时何必久睡，死后自会长眠；第二，被窝是青春的坟墓；第三，连早起都把握不了，还如何把握自己的未来。与江城共勉。

华清的本意是想激励江城，没想到江城受到严重的刺激。参照以上三条哲理，江城只觉得自己可谓生不如死，又视死如归，每天只把“坟墓”当归宿，漫说未来，连五分钟都把握不了，实在是社会的负担。这样坚持了几天，江城每天比华清晚起一个小时，慢慢找到些平衡，感觉虽差英雄还远，可看景乐和子楼还在“坟堆”里窝着，故而自己应该也不算“贼寇”，充其量也只是个凡人，与他目前的状况相符。江城没有耽误九点开始复习，凡人也就凡人了，别是在“坟堆”里待久了，成了“死人”就行。

江城每日九点准时来到自习室，足不出户而知天下事，对我国国力有了清晰的认识：偌大一个教室里，雅思真题与 GRE 词汇书的总量竟要超过考研真题，可见我国国力强盛，欧美生源不济，只得靠我国同胞输血。

由于近日整个学校被列为禁烟区，江城除了偶尔躲在厕所的隔间里与双叶共舞，再去食堂解决一日三餐之外，全程待在自习室。简言之就是寝室、自习室、厕所、食堂的四点一线。江城虽然认为学校禁烟，却没有在教学楼内设置吸烟区，是对吸烟人士人权的严重践踏，但眼见事实上厕所就是吸烟区，也就没什么情绪。

江城上午做题，下午复习，晚上背模板，回到寝室就是上网看别人的经验。全心投入的结果便是这段时间神经兮兮，极易被他人左右，见到有人说四级只要能通过，雅思达线无压力，江城就信心满满；可若看到有人说四级虽过五百分，雅思却考第三遍，他就顾影自怜。江城付出努力，自然有些许回报，从以往的一败涂地，提高到如今的偶有胜绩，情绪与是日做题的效果产生联动，成正相关。江城变得每日只做一件事，计算到底如何才能达线，自己究竟能不能达线，每每算到刚好达线，就欢天喜地；一旦算到谬之千里，就垂头丧气。这样的日子虽然起伏，倒也充实，不觉间就过去二十几天。

易南已确定考本校的研究生，开始初步复习。为缓和学习压力，向江城提议前往京郊游玩。江城虽被雅思所困，较为犹豫，但碍于两人刚在一起，还是带上真题，坐上了去往京郊的大巴。

到了京郊的农家乐，江城再次没话找话，问易南的弟弟叫什么名字。易南说，她弟弟生于世纪之交，家人望子成龙，遂起名叫“易世龙”，以期他成为一世威龙。然而世龙从小身体羸弱，却像条小虫。自己的父母心急如焚，找来城里最有名的老先生。老先生登坛作法，请来神灵数名，遍访名山大川，以及各路英雄好汉、得道老仙，以人民币五百元的价钱得出结论，世龙的名字过于宏大，他幼小的身躯驾驭不了，故而被压得多灾多难。名字要取得小一点，那时家里正好有几亩稻田刚刚露出禾苗，就叫“易小禾”吧。小禾改名后果然顺遂不少，不仅茁壮成长，更考上当地唯一的职业技术学校的电焊专业，也算是年少有为。

江城听得目瞪口呆，想“世龙”到“小禾”的跨度着实有些大，易南这名字虽是信手拈来,却也好听。她家人为她弟弟的名字费心费力，前后折腾几年，也只由一个奇怪的名字转向另一个奇怪的名字，不由得感慨造化弄人。易南弟弟的名字听起来怎么都是个数量定语，总感觉“一小盒”后面应该加个“火柴”之类的。江城被惊得半天说不出话，最后勉强对易南挤出一句："你爸妈真有文化。"

"去你的吧，快去吃饭，我都饿死了。"易南笑着回答。

晚上游玩归来，江城不忘复习，戴着耳机听听力，对易南说的话置若罔闻。易南不仅生气，而且大哭。江城心想易南的情绪起伏也太大了。他速速赔礼道歉，哄着易南睡了觉，自己接着听。江城越来越觉得申请到英国的研究生是证明自己、让自己扬眉吐气的机会，自己又水平不够，只得多加努力。虽然他也不清楚这样想的根据是什么，但是好像听起来能出国是一件很风光的事情。

江城返校恰逢一年一度的"评优"如火如荼。遥想一年前大多数人因为不愿放弃"评优"资格而不得不参与校庆的训练，但大家都有资格，也如都没资格一样，并没有什么助益。况且奖学金主要还是看成绩，学习好的同学基本都很稳定，因而每年角逐的选手没变，得奖的胜者依然，奖学金依然和大多数人没有关系。虽然和苏幕一起训练是美好的记忆，可单说"评优"，不仅对自己，对大多数人也是毫无意义。悲哀的是，人们既无法预知未来，也不能改变过去，只剩下对现在的无奈。江城一想到自己不知投入了多少精力到类似于"评优"这样的事上，就不由得后怕。他赶忙断了思想，继续做题复习。

华清的复习开始早，功力强，自然高人一等，目前进入中段，政治书都已经看了两遍。景乐的主要工作是摄影，最近也渐入佳境，在周边学校打开了市场。借由摄影俱乐部外出拍照采风的机会，景乐更是认识女生一名，两人趣味相投，崇尚自由。景乐经过发展，过渡为女友，女生名叫唐多。

子楼也有考研打算，经过一个学期，勉强算是定了专业与学校。

然而子楼与韵子业已进入地下发展，韵子母亲又很不配合地时常赴京开会，一开会就来一周，来一周就让韵子陪一周。韵子受一周的熏陶，回来就要跟子楼分手，如此反复。子楼连参考书都顾不得买，隔三岔五就得给韵子展开思想教育，被搞得筋疲力尽，看书的计划一再延后。好在功夫不负有心人，子楼关心、恒心、耐心皆有，而且对韵子又无二意，用情至深，最终感化韵子。其母再来，韵子居然以各种理由搪塞，却与子楼比翼双飞，子楼有说不出的开心。

子楼让华清监督自己复习，自己却不思上进，晚上跟韵子聊天至深夜，早上直接在“坟堆”里躺到中午，眼看就成了猫头鹰昼伏夜出。华清说他几句，子楼却言而无信，说要先抓主要矛盾，把自己和韵子的关系捋顺，要不也没心思复习。华清碰了一鼻子灰，也就懒得再管。江城经过缜密分析，认为韵子家境非常，她未来的人生注定轻松，但子楼一介贫民，还是应该考个硕士，提高一下，况且大家现在都在考。而且从最现实的角度来说，这样的话上门提亲也有点资本。江城趁着与子楼在楼道抽烟的机会把想法跟他细说。子楼一声叹息，直说自己何尝不知道这个道理，只是韵子如果不能开心，自己也是分心。

江城觉得这样下去也不是办法，如果韵子一直闹腾，那子楼即便想看书也是不能，因而认为此女是子楼的劫数，念在子楼陪自己渡过情伤的战友情谊，更是哀其不幸，怒其不争，居然说出大逆不道的话，妄图拆庙毁婚，让子楼跟韵子分手，接着全心投入复习。子楼一脸无奈：“我除了韵子，对别人都没有感觉了。”江城大惊，只觉得韵子似有妖术，蛊惑了子楼，又转念一想，韵子高中为理科生，难不成是把子楼给化学阉割了？

江城按照自己的复习计划，接连报名两次雅思考试，耗去人民币三千元。他本来只想先报一次，试试水深，再酌情处理，但柳烟说按照过来人的经验，如果水平不是很高，还是连考两次，保持状态的好。江城自知自己水平有限，理性分析后认为自己一次通过的概率较低，又报名相隔一月的考试一次。

江城的雅思考试前夕适逢英语四六级考试。华清早早以高分通过六级。韵子不到最后就产生不了紧迫感，如今四级考试还剩三回，紧迫感不足，还安心在家喝茶休闲，自然也是敷衍以对。子楼虽然苦口婆心，却被韵子嫌弃婆婆妈妈，加之子楼最近忙于“思想政治”工作，不敢把弦绷得太紧，以免韵子投入其母的“敌营”，子楼对她自然也就睁一只眼闭一只眼。这种感觉时间长了，变成了习惯，自己也觉得六级考试犹如买家电送鞋袜，过不过都意义不大，也就勉强应付一下。景乐的摄影生意十分红火，当天有活，于是跟唐多一起外出工作，四级考试连来都没来。江城只把六级当实战，第一次觉得考英语还挺自在。

时光荏苒，是日到了雅思考试的时间，江城自高考以来第一次失眠，早早起床梳妆打扮。听闻外国人都有狐臭，所以喜欢喷香水，有道是物以类聚，人以群分，江城也特地喷了半瓶，以求与主考官拉近距离。装扮完成，出门烈日初升，一道阳光打下来，香水瞬间蒸发，江城差点被熏晕。

江城到了考场，见大家都在做最后的挣扎，耳朵里塞个耳机听听力。据说当年日本人发明耳机是为了不影响别人，欧美人喜欢用耳机是为了不被别人影响，虽说目的不同，但也殊途同归。而今江城一时脑蒙，只喷了香水，却没带耳机，无法进行最后的努力，好似上厕所换了新衣裳，却没带纸一样，江城担心因此影响听力的状态，后悔得牙痒痒。为缓解紧张，他只得抖动大腿用以舒压，可还是不住地偷看别人，心想自己怎么能本末倒置，忘了带耳机。江城的后悔递增，抖动加快，弄得桌子都动起来。江城既影响别人，又被别人影响，忙不迭向旁人道歉之余，又羡慕别人有耳机，只觉得考试前的时间度秒如年。

考试开始，江城的紧张瞬时化作注意力，听力竟然相当顺利。其中一个主题是家长如何教小孩在自家院子里安全地种花草，提到孩子应该用安全的工具，比如小勺。江城不仅快速做完题目，还有空瞎想这小勺挖了土，还用来吃饭吗？外国人矫情，吃饭都分餐，估计为了卫生，也就扔了，自己小时候偷偷拿家里的勺子挖土玩，用完可都是要放回去的。

下午考口语，据传如果碰到印度老师，准备得再好都要抓瞎，因为根本不知道他在问什么，也就只能一通胡答。江城坐在门外，好似等产的丈夫，坐立难安。前一个考生出来，是个小姑娘，姑娘一袭白裙，有点像个小护士。江城忙问“小护士”，里面的老师是哪国的？小护士说是个美国小青年，江城有如听到母子平安，瞬间坦然。闻闻身上的香水味道还在，也就坐下耐心等待。

之后美国小青年叫江城进来。小青年面容清秀，态度和蔼，江城忙着先背一段自我介绍，却被他阻拦。小青年对着录音笔念叨一会儿，江城紧张得全然没听懂，以为是在说密语，等到一切妥当，小青年示意江城继续。江城一鼓作气不成，自然再而衰，脑中一片空白，短短的自我介绍说了个结结巴巴。

小青年微微皱眉，江城一看，心想大事不好，更加急于表现，说得愈发断断续续。小青年懒得再听，考试进入第二阶段，江城心灰意冷，索性准备瞎说。

考试过后，天色渐暗。江城去找易南，一路上又开始回想分数能否达线。见面后易南跟江城聊天他也疲于应付，易南自然生气，江城一看捅了篓子，只好道歉。致歉过程当中忽觉似有达线可能，内心为之一振，立即恢复笑脸。易南颇为无奈，只觉得江城一惊一乍，像个傻瓜。

江城为考试的结果所累，偏偏结果又出得慢，大约需要两周，不能即刻破解这遗留的悬念。江城食之无味，夜不能寐，只知道上网去看别人对于这次考试的看法。

这天江城在网上看到两个迥异的观点，一派认为此次考试简单，给分的标准会较为严苛；另一派则恰恰相反，认为难度较高，给分标准会宽泛一些。江城感情上支持后一派，因为宽泛意味着他通过的概率就大些，但是从理智上他又认可前一派，因为自己都做得比较顺利，那还不是简单？江城的理智与情感纠缠在一起，陷入两难，只好先去社交网站放松一下。

江城与甘州几近一年没有联络，发现她更新状态一则："可恶的发烧，怎么三天都不退，真是郁闷。"江城想甘州可真够倒霉，近期北京热得可怕，发烧还不得难受死，还一连三天。

多事的两周眼看就要过完，这天江城只是例行看看成绩的页面，不想成绩竟赫然出现，江城奇迹般达线。突如其来的幸福激荡得江城喘不过来气，他兴奋得不断敲打桌子。再核实一遍，的确过线，敲打桌子；再核实一遍，的确过线，敲打桌子，如此反复几次。当他果真确定的时候，只感觉自己高兴得灵魂都要飞出去，之前的担心、纠缠、怨念、计算都在一瞬间烟消云散，不知所踪了。他只想打电话告诉家人，告诉易南，自己的付出总算是有了回报。

父母自然兴高采烈，在他们眼里雅思考试如同英国研究生入学考试，达线就意味着成功。易南见江城忘乎所以的样子，也由衷地为他高兴，两人在中式西餐店好好地庆祝了一番。

是夜圆月高悬，空气中燃烧着幸福的火焰，江城辗转难眠，他早已没了思想，只剩下成功的快感。他闭上双眼，看到的全是前路坦荡，一马平川。

江城虽不愿意承认，但他其实跟自己的父母想的是一样的，潜意识当中，他已经把自己当成英国准硕士。加之他获知柳烟也不过和自己成绩一样，更是骄傲成狂，有了培训时左男的神韵，对于别人的咨询来者不拒，一一作答。

这几日江城不断解答别人的疑问，获得别人的称赞，乐得都合不拢嘴。他也佯装谦虚，说自己不过尔尔云云，幸好没碰到较真的人，要不估计也得对人家无可奉告。

江城猛然想到两周后还有第二次考试，易南建议他乘胜追击，再考得高些，以便增强竞争力，毕竟达线的人多如牛毛。江城心底里自然知道易南所言不虚，然而第一次偶然达线，第二次明显动力不足，虽然强迫自己努力复习，但满脑子都是“这就够了，肯定够了”的念头，阴魂不散如影随形。江城有了后路，决心被惰性技术性击倒，第二次雅思考试彻底沦为形式主义。虽然江城也每天自习，但却心不在焉，写一份题要离开三次，抽三根烟，自习与考试的关系就是用一个形式主义的方法，要达到形式主义的目的，整体自然毫无意义。

这天江城与易南请景乐与唐多吃饭，算是答谢景乐说媒拉纤的恩泽。吃到一半景乐跟唐多夸江城，说他雅思达线，英语出众。江城象征性谦虚两句，就开始长篇大论，如何学习英语。易南这几天早就被江城的“烧包”搞烦，如今见他吃个饭都不得清净，丢人现眼，直言直语，说：“你的口语和写作也就将将到线，也没有多好，还是别教人家了。”

江城一听好似自己买的宝物被别人说是赝品，顿觉被人看遍，立即回嘴说：“你又没有考过，没考过就没有发言权，别以为什么事情都像你想的那么简单。”

“我周围也有很多人达线了，也没有你这个样子。”

“你也只是看到，又不是真的考过，再说你看到的也只是他们的一个侧面。”

“都是同班同学，平常都在一起，你怎么知道我看不见？”

“你怎么知道你看见了？”

两人越说越激动，险些就要擦枪走火。幸好唐多安抚了二人，也就算平静下来。一顿好好的答谢宴，搞成了辩论会，四人相顾无言，只好草草收场。

江城回校后反省自己，这几天是有些傲气熏天，主动向易南赔礼道歉。易南倒也不计前嫌，还是劝江城好好准备，争取第二次考得更好。江城虽然满口答应，但着实感到生米已然煮成熟饭，无力回天，只得盼望早早考完。

转眼到了第二次考试的日子，江城整天考得浑浑噩噩，口语考官碰巧遇到个印度人，对话伊始就疙疙瘩瘩，极不顺畅。这次的第二阶段不说电影，改聊远足游山。江城平日里走得最远就是去学校旁边的公园，故而江城无从发挥，只能背诵通用模板。这模板估计印度老师一天听了快二十遍，随便让江城说了几句，自己居然接出了后面的内容。江城惊叹之余也感慨自己运气耗光，只好败兴而归。

考试结束暑假都已过去大半，江城收拾行李准备回家。雅思考试代价不菲，却只留下一蓝一红两支铅笔。这两支铅笔何其珍贵，江城收好带它们回家，只当是对自己大学中学习最认真的一段时间的纪念。

第七章　信封

江城在家待了两个星期，陪了奶奶两个星期。奶奶问他为什么回来得这么晚，又要走得这么早。江城说自己有重要的考试，说着又把雅思的成绩单给奶奶看，奶奶笑着说："我知道那张照片是你，剩下的这些，我可都不认识。"

江城开始准备剩余的材料，除了核心的雅思成绩之外，就是个人陈述，内容无外乎夸自己、夸学校，和单位的年度工作总结是一个意思。此时距离申请开始还有两个月，江城去找易南，易南建议江城："我觉得你还是应该再考一次雅思，刚达线还是差点。”江城本以为已经越狱成功，断然是不想重归牢笼，说什么要开始准备材料了，没有时间，企图蒙混过关。

不料谎言被易南当即戳穿：“还有两个月才申请呢，成绩好点是实在的，那个虚头巴脑的陈述，编起来有那么费事吗？”

江城只好阐述备选理由：“柳烟那么强也就刚达线，我的成绩和她一样，她也只考了这一次，说明够用了。”易南看江城不仅不识好歹，还理由一堆，辩驳耍赖，生气地背过头，转身走了。

几天后柳烟的第二次雅思考试成绩新鲜出炉，结果美味可口，分数顺利提高一档，江城先前平视，如今也只能仰望。此时羽歌的考试成绩也已公布，在柳烟的帮助下，她在另一项英语考试中也成绩出色。两人心情极好，开始在社交网站上互相感恩，彼此吹捧。经常是一人发条状态，另一人回复，两人搭台唱戏，毫无外援加入，竟然能聊几十条。江城的页面长时间被柳烟和羽歌占据，只得被动看热闹。他羡慕柳烟的成绩，却又不屑二人的炫耀，只觉得他们是傍晚公园里的中老年舞者，没有观众，还跳得自我感觉良好，只把水泥场地当舞台，实在荒唐可笑。江城心里默念，跳啊，跳啊，尽情地跳吧，总有一天，不是闪了胯，就是扭了腰。

易南与柳烟在社交网站上互为好友，当然知道柳烟又考一次，且成绩斐然。江城在理智上自然清楚提高雅思考试成绩的重要性，如今谎言又被识破，纸里包不住火，只好强打精神，再赴自习室准备三战。

然而精神不是年糕，却和玻璃瓶类似，一般情况下不会越打越起劲，只会一打即碎。江城的学习精神早被自己从窗户扔了出去，而且碎得细如木屑，只能铲起来倒掉。江城此时既丢失了动力，又忘记了技巧，满脑子都是如何选学校，目不忍视阅读，耳不忍闻听力，又羞于启齿口语，只觉得前路荆棘密布，沟壑纵横。自己已然通过首次考试，后路平坦宽广更胜前路，自己这样好苦，这样又是何苦？

自习的过程犹如上刑，好容易挨到了自己设定的结束时间，江城一刻不再多停留，飞奔下楼。路上偶遇柳烟、羽歌及其男友。几天之前江城还心高气傲，觉得柳烟也不过尔尔，见面总要聊聊，如今自觉低人一头，不敢有任何目光交流，远远看到，随即抱头鼠窜，一溜烟回了寝室。

江城躲在角落里与双叶共舞，他只觉得恍如隔世，就在两个月前，自己可以在自习室待到关门而不觉时间，那时到底是搭错了哪根弦？

江城的复习犹如戒烟，明知抽烟有害，戒烟有益，但最终戒之不成，反倒变本加厉。江城也是凡人当腻，只想成仙，明知代价巨大，还是起炉炼丹。烟瘾难戒，惰性更难除，江城虽然羡慕柳烟的分数，却没有行动，一味地拖延，其实也就是间接放弃。江城在自习过程中更加怀念休息的好处，一段自习中夹杂着持续的休息，整个过程只是自我安慰，装模作样。这样过了几天，已然坚持不住，每天都极其痛苦。

正当江城陷入泥淖无法自拔之时，一个横空出世的英雄救他于水火之中。江城咨询的师兄先前在一著名的广告公司实习，如今该公司的网络广告部需要实习生一名，辗转找到已经身处伦敦的师兄。师兄忽想起江城这个师弟态度热情，技法娴熟，当年的全套服务自己也颇为满意，于是询问之，说这个公司牌子响、规模大，实习还可有些许工资可拿，估计对未来的申请也会有帮助，如果有兴趣，他可以帮忙推荐。

江城对广告行业并不熟悉，但是一想自己目前复习、考试以提高分数，也不过是为了对申请有所帮助，如今自习改成实习，不过是换了个帮助的方法，更重要的是自己不仅可以逃离这自习的魔窟，还有钱拿，自然是有百利而无一害的好事，赶紧答应下来，把简历发了过去。

江城把自己的想法告知易南。易南却不以为然，她认为陈述可以瞎编，成绩却没法作假，因此成绩更为重要，要江城放弃实习。江城为逃离魔窟不择手段，胡言乱语说自己听闻实习也很重要，而且这个公司知名度响亮，是申请的绝佳平台，之前有好多在这里实习的人都申请成功云云。

“你以后如果天天实习，都没人陪我，那我多可怜啊！”易南见江城执迷不悟，只好道出重点。

“我会尽量陪你的，而且我还有钱拿，工资请你去吃好吃的，好不好啊？”

易南被江城的承诺俘获，勉强答应他去实习，但嘱咐他一定要信守诺言，否则就给他些颜色看看。

实习公司的主管不日发来邮件，让江城隔天面试，时间为上午十一点。面试这天，江城特地梳妆打扮一番，想到这公司是个外企，故而应该也有外国人的习惯，随即把剩下的半瓶香水也喷了。

江城笼罩着香味的光环，似是金钟罩铁布衫，旁人都无法近身，加之此时并非上下班高峰时段，江城在地铁的车厢里居然有了私密空间，以他为圆心一米之内，四下无人。地铁一路向西，江城像是被齐天大圣的金箍棒画了个圈，旁边的“小妖”只可远观而无缘亵玩，纷纷露出不屑的神情。江城闻闻自己，又没法脱了衣服了事，尴尬至极，只差盘在地上打坐修行。

江城路线不熟，往东走了半天，曲折绕远地找到这公司，身上的香味也减弱不少。他本以为是小主管要趁午饭的时间进行面试，去了一看才知道，此时小主管还没来，只有稀稀拉拉的几个员工。江城不由感慨外企的魅力，就是为自己这样生时热衷久睡的人而设计。

不一会儿，小主管姗姗来迟，先与江城道歉，江城受宠若惊，与小主管来到小会议室交流。小主管年纪与江城相仿，肤色健康，体型微胖。

傍晚江城接到电话，小主管通知他翌日上班。江城顺利逃脱自习魔窟，欢欣鼓舞，本想去找易南庆祝，可一想易南的思维本来和自己就不是一路，也就作罢，抽了几根烟，也就睡了。

江城第一天上班，来到自己的工位，见身后是个女生，主动和她打招呼。女生冲江城笑笑，自我介绍说她叫陶厢儿，是电视广告部的实习生，请江城多多关照。江城恍惚地以为还在梦里，这对话有日本人的习气，差点鞠躬回礼。江城首日上班的任务是学习前人的经验，结果就是在电脑前坐了一天，下班时眼睛干涩痒痛，匆匆离开。

江城曾随小主管与其他几个小主管一起吃过一次午饭。这些女主管们平时亮丽光鲜，吃饭却狼吞虎咽。江城起初不解，一结账才知道，大家一起吃饭，餐费平均，自然是谁吃得多谁占便宜。而且不管这价钱被人数除过之后，人均是多少钱，他们每人都能从自己价值不菲的或看似价值不菲的包里拿出恰好的整钱与零钱，江城只觉得自己拿了张红色的纸币，有些扎眼。

自此之后江城便不再与小主管吃午饭，原因有三：一是江城对小主管的感觉锐减；二是江城死猪不怕开水烫，自觉是个实习生，既不能升职，也没法加薪，即使不去吃饭交流，也无大碍；最重要的是，江城既没有那么多零钱，也没有那么多整钱，小主管们的一顿午饭，还是挺贵的。

时值午餐时间，厢儿居然也没有随本组小主管吃饭，却叫江城一起外出就餐。江城心想厢儿同是实习生，估计也手头拮据，花不了几个钱，也就答应下来，两人去边上的一个小馆子吃面。

两人在面馆坐定，江城见远处一桌是那天聚餐的另外一个小主管，尴尬地与她打招呼。江城资历浅，问正在看菜单的老员工："厢儿，他们怎么也来这地方啊，上次我们可是一起去的日式料理店。"

厢儿头也没抬，选面之余一心二用："你以为他们有几个钱啊，小主管也就管两个实习生，广告行业门槛低，一开始的工资就低，又得吃饭，又得打扮，那么贵的包一买，自己吃饭还不是能省就省啊，他们也不容易。"

"我以为广告都挣得挺多的呢。"

"你说的那是老板，以前其实还行，如今就差很多了。这个公司是国际广告公司,做的多是欧美的客户,欧美现在什么形势？客户都没钱，广告公司能有什么钱？最近老板省钱都省疯了，据说又要裁员，可活又不能没人干，于是就找实习生呗，基本的活教教就会，每个月只需要给一千块，还不交五险一金。你想想，是不是和你一起进来的实习生很多？老板，我要这个肥肠面。"厢儿叫住老板点餐。

"我也是肥肠面。"江城听得入了神，懒得再选，今早又没吃早饭，索性跟厢儿吃一样的。

“跟我一起来了一大批呢，好像每个组都有一个。”

“对吧，最底层的员工一个月要给她三千多块，还要上五险一金。实习生相比之下就跟不要钱似的，解雇手续也简单，省力又省钱。”

江城见厢儿着实见多识广，进一步询问：“那小主管挣多少钱？”

“他们啊，具体的我也不太清楚，了不起挣四千多块，三个月的工资买不了一个包，苦着呢。不过也有一些家境特好的，这些人来就不图挣钱了，只要个名声好听，你看楼下的那些 MINI COOPER，好多都是这些小主管的。不过这部分人也不多，但是剩下的人不就倒霉了？吃个饭心疼死。哈哈。”厢儿似有幸灾乐祸的快感，笑出声来。

江城在面馆上了广告行业入门的第一节课程，受益匪浅。

“厢儿，你怎么知道这么多啊？厉害，实在是厉害。”江城竖个大拇指，像是个鬼子身边的翻译官。

厢儿听有人夸她，一时间得意忘形，“那是，我在这里的这三个月可不是白待的，不过以后你也就都知道啦。”厢儿说着笑了起来，露出两个酒窝，还挺可爱。

厢儿性格豪放不羁，此时仍处于夏天的末尾，厢儿吃个面，不一会儿就汗流浃背，说着把鞋都脱了，一只脚盘到凳子上，好似孙二娘转世，有大喝一声“小二，来二斤熟牛肉”的架势。江城目瞪口呆，但见厢儿毫不做作，甚是直率，也觉得她惹人喜爱。江城觉得厢儿应该只恨自己不是个男儿身，要不就可以更放松了。

“对了，江城，你怎么不和小主管吃饭啊？”厢儿边吃边问。

“为了省钱，咱们吃个面多便宜。那你怎么不和他们去吃？”

“我怕麻烦。”厢儿吃完，擦擦嘴接着说，“和小主管吃饭又不单纯，还得一会儿恭维，一会儿奉承，吃的那点东西还不够消耗呢。再说你也长得不难看，看你一个人可怜地坐在那里，我助人为乐，勉强凑合着跟你吃吧，轻松自然。”

两人准备付钱，江城见厢儿的包由黑白塑料片拼接而成，样貌实在丑陋，就问她怎么买了个这样奇怪的包。

“这还是日本的名牌呢。”

“怪不得你跟我一见面就说多多关照，多少钱啊？”

“大概四千块吧，我也记不得了。”厢儿拿出十块交予老板。

江城被惊呆，不由得佩服厂商胆大包天，如此随便的设计搭配如此便宜的材料，居然敢卖这么贵。厢儿胆子更是大得包罗万象，居然敢买。

“哪里值这么多钱啊？”

“你看，这包的质量还是挺好的，工艺多细啊，连线头都没有。哎，你别使劲拽啊，使劲拽线头还不出来啊？”厢儿把包抢过来，好像是自己的儿子摔破头，抱着这个包不住地爱抚，似乎在说“以后再也别和江城玩了”。

江城试验成功，目的达到，站在一旁哈哈笑。厢儿买名包的判断标准跟自己去批发市场买书包的准则一样，皆以线头为关键点。如今名包的产地皆为我国，说不定这包和批发市场的包是一个厂子做的，想到这里，江城笑得更厉害了。

“笑什么？以后再也不给你看我的包了。”厢儿怒目圆睁。

江城见孙二娘发威，怕被做了人肉包子，赶忙道歉，时间不早，也就回去继续工作。

下午厢儿去开会，江城的任务完成，只得坐在电脑面前发呆。回想中午与厢儿的谈话，他原以为自己这次应该是以实力获得机会，原来也不过是捡了个开闸放水的便宜，又想到此次新来的实习生似乎也是阴盛阳衰，可见又是性别起了作用，江城不免有些郁闷。而厢儿一个难看的塑料包居然能有四千块，自己买个两百的包都得比对半天，想必她也是家底雄厚，自己相较之下真是一贫如洗，目前住在宿舍，也是货真价实的家徒四壁。虽然目前已经没有了刚来大学时记账的习惯，但依然还是精打细算，实在过得可怜。在花钱方面，任何人都有十足的天赋，这快感也是共通的。厢儿天天来实习，一定是有个有钱的爹，而自己的爹眼看就要退休，既无地位，也没财产，自己去英国还得借钱，真是高下立判。江城埋怨爹妈生自己之前也没跟自己商量一下，就无情而随便地把自己生在这样的家庭，无奈地输在了起跑线。

江城先否定自己，再否定家庭，一时间郁闷地唉声叹气。厢儿开会归来，欢快地与他打招呼，恰巧此时有了新任务，江城才停止胡思，断了乱想。

外企的工作时间也是八个小时，不过多数时间要加班。不同于朝九晚五的普通白领工作，这里上午基本休息，工作时间事实上从中午十二点开始，江城和厢儿吃了饭才是工作的起点。一天下来工作烦琐冗长，为迁就客户又要时常赶时间，不免出汗，穿件白衬衣，晚上回家就成了“黑领”，不过好在这里通常都衣着随便。

江城觉得自己和厢儿贫富悬殊，故而甚是敏感，本打算抛弃厢儿，独自吃饭。可厢儿倒是从没有要炫耀的意思，不但没有招呼江城吃日本料理，还和江城一起节俭地吃面。江城起初觉得厢儿有钱，这面又便宜，都不请客，实在是为富不仁。可转念一想如果厢儿请客，自己倒是更觉低贱，无地自容了，那么两人各吃各的，反倒是厢儿仁慈的表现。如此看来，厢儿性情豪爽，心地善良，况且自己一个人吃饭既凄惨又孤单，江城挣扎一下，也就还是一如既往，和厢儿一同吃午饭。

天气逐渐转寒，这天江城下班已是夜晚，天空繁星点点，江城点燃一根双叶，与之相伴，快步走向地铁站。他逆风而行，吐出的烟雾被吹了回来，算是抽了自己的二手烟。他害怕错过最后一班地铁，路旁的树上叶子悄悄地泛了黄，他也浑然不觉。

每个人不管或贫或富，或高或低，或美或丑，或胖或瘦，每一天都是二十四个小时的时间。江城在公司待的时间长了，自然陪易南的时间就短，江城言而无信，易南自然不满。

好容易下班早了一天，江城去找易南。他最近工作顺利，挨骂次数明显减少，小主管虽然脾气暴躁，但却懂得体恤下属，不时给江城买点零食。江城不懂这是“资本家”剥削“工人”的糖衣炮弹，高兴得有些飘飘然。

江城跟易南在校园散步，眉飞色舞地讲述自己在公司的见闻，易南却毫无反应。

“怎么了，不开心？”

“你说怎么了？”易南白了江城一眼。

“我怎么知道啊？到底怎么了？”江城有些慌张。

“算了，不说了，我们回去吧。”

说话不似写真，并不是半遮半露最撩人，相反如果不说透，就如鲠在喉，实在憋得难受。江城给憋得上气不接下气，只得刨根问底。

“怎么了？你说怎么了？你弄一个实习，原先答应得好好的，要经常陪我，如今却连个人影都看不到。实习有那么重要吗？什么事情都是把我放到最后，什么都比我重要是吧？我现在天天复习考研，头疼得要命，你都不陪我，还一个劲地说你那些事情。我根本就不想让你去实习，更不想听有关的事情，你还一直说，一直说。你都不问问我平常在做什么，都不关心我，一点都不关心我。你去实习吧，不要管我了。”易南说着就哭了起来。

江城心想自己刚才并无什么过分的举动，怎么引起易南这么大的反应。不过她说得也对，是自己没有执行诺言。江城被批得昏天黑地，算是见识到了易南给他看的颜色。

“我错了，好不好？是我不好，我没有信守承诺，对不起，你不要哭了，我一定努力改，我这个月的工资发下来了，咱们周末去吃好吃的，然后好好休息一下，来赎罪，你看行不？”江城像是个犯错的孩子，小声地提出挽救的方案。

易南发泄够了，眼泪哭干，告诫江城不许再犯。

易南泪眼婆娑，说别人都好好的，只有自己如此可怜，看看书就头痛，书又不能不看，痛苦得无以复加。

“别人也有这样那样的毛病，只是你不知道罢了。你头痛，说不定人家肚子痛呢，比上不足比下有余的。”

“你怎么知道的，我看人家都好好的。”易南擦擦眼泪，却越哭越凶。

“肯定嘛，你又没有天天跟他们在一起，自然不知道人家的难处。”

“哦，我看不到，你就能看到啦？人家都是好好的，只有我可怜，书都没法看，研究生考不上可怎么办。”

江城大惑不解，易南的家人全身心投入到小禾的身上，易南怎么一副娇生惯养的模样。

“大家都不容易，我也经常头痛啊，天气一冷，头痛再正常不过了，至于这么大惊小怪的吗？”

“你又不是我，你头痛，你头痛得又不厉害。”

“那你怎么知道我疼得不厉害，再说又不是什么大事，就算我疼得不严重，你不也是能吃能走能睡的吗？忍一忍，坚持一下不就过去了？”

“我都已经疼成这样了，只想让你安慰一下，关心关心我，给我点建议，你怎么还教训我？我，我，我都这么可怜了，你还教训我？”

江城怕易南把眼睛哭瞎，只好强忍怒火，假装温柔地说：“我错了，对不起，没有控制好情绪，你别生气，那咱们去看看医生，彻底治好它，你说呢？”

“看，看，看过医生了，医生说也没办法，只能好好休息。”

“那医生都没办法，我有什么办法，好好休息，咱们不考研究生了。”

“不考研，现在本科生那么多，以后怎么找工作，怎么办啊？”

江城彻底崩溃，眼见着自己的前路被一一堵死，只想一头撞死了事，无奈背身过去，不再说话。

易南见无人应答，也就渐渐平息下来，默默抱住江城，江城头疼得厉害，并没有回身看她。

是夜狂风大作，黄叶四散飘落，窗外的树枝上还剩最后一片叶子，与风暴作殊死的抵抗，它既不是顽强的象征，也绝非重生的希望。翌日天朗气清，这最后的一片叶子，也就不见了踪影。

秋天像个飞贼，得手后就跑得极快，没有几天就和冬天勾搭起来。这天江城和厢儿顶风进了面馆，多用了平常一倍的时间。

“这风怎么跟不要钱似的，真烦。”厢儿边整理头发边抱怨道。

“废话，要钱的话量能给这么大吗？老板，肥肠面。”

“我也是肥肠，啊，面。”厢儿打个喷嚏。

这时有关方舟子和韩寒的争斗余火未灭，厢儿知道江城平常也算是个舞文弄墨的文化人，便问他的看法。

“我觉得？我觉得明显不是他爸写的啊，一个四十多岁的人写出那么卖弄的《三重门》，老脸还往哪搁啊？不过高中生能写出这么一本书也不容易。你看看钱锺书先生的《围城》，《三重门》有特别明显的模仿痕迹，这种手笔也只能是小时候才干得出来的。”

“哦。”厢儿看似懂了。

吃面到了尾声，厢儿终于按捺不住，再问江城。“那个，那个，《围城》不是沈从文写的吗？”

江城大吃一惊：“沈从文写的是《边城》。”

厢儿更加疑惑，再问：“《边城》不是郭敬明写的吗？”

江城大吃二惊：“郭敬明写的是《幻城》。”

“哦，哦。”厢儿涨红了脸，不再说话。

江城想，幸亏厢儿是日本动漫迷，知道《天空之城》是怎么回事，否则再问出来，自己就要大吃三惊，碎心裂胆了。不过厢儿不常看书，知道这几本书已属不易，只是厢儿能力过于超群，一阵排列组合，居然能把这几本书和作者全都记混，也着实“可歌可泣”。

两人吃完，江城新买一包纸巾，本想打开使用，却发现口袋里还有昨天剩下的半包，于是放下新的，打开旧的，再给厢儿一张，让她擦嘴。

厢儿一看桌上有两包纸巾，揶揄江城："呦呵，你纸巾还分日用夜用啊？"

两人你来我往，倒也欢乐。吃过饭，厢儿叫上江城，开心地回去了。

当天晚上两人加班到午夜，江城已经累得口歪眼斜。

"厢儿，你说我一天在这里待的时间比学校长得多，有学却不好好上，学校对我来说只剩回去睡觉，我图什么啊？。"

厢儿下午喝了两杯公司的免费咖啡，她现在倒是清醒得很。"话不能这么说，我们也在上大学啊，大学的名字就是这个公司，比如，你就是网络广告学院的，我呢，就是电视广告学院的。"

"那咱俩什么专业？"江城困得出了神，居然这种无聊的问题都问。

"嗯，嗯，我们应该都是 PPT 翻译与整理专业的吧。"

江城想厢儿总结得还真到位，两个多月来自己也就干了这点事情，靠着网络和电脑，英语也没提高多少。江城见厢儿已经完成任务，就让她先回去，自己接着把剩下的几十页翻译完。

江城出来的时候已是后半夜，坐上公司门口等活的出租车。江城的双叶已经抽完，他跟司机大哥要了根红塔山。

"小伙子，不错啊，在外企上班。"

"什么不错啊，累得跟狗似的，还没钱，你看这都几点了。"

"大家都一样，都不容易，年轻嘛，坚持一下就好了。"

江城冲司机大哥笑笑，打开车窗，把烟灰磕出窗外。车速加快，寒风袭来，黑夜模糊地从窗外划过，这座喧嚣的城市难得地清静，少有地自在。江城听着司机的闲言，把头转向一边，面向窗外夜晚。夜的深处，有灯火点点，那是哀怨的人们，他们没有蜜语，也缺少浪漫，默默期待着明天，不过是遵循此时的意念。他们虽不贪婪，但期待，本就是个谎言。

这天下班江城去买双叶，却发现一个严重的问题，生产双叶的公司被另一公司收购，名字业已修改，改名“雄狮”。江城早已习惯这白色的烟卷、薄荷的清香，搭配清新文艺的名字，以及盒子上画的两片叶子，共舞起来也相当和谐。如今改名“雄狮”，盒子上画了只饥饿的狮子，错觉这烟应该力道十足，估计跟抽火药差不多，弄不好一口能给抽死，与其实质极不相协调。江城讨厌这个名字，之前也跟子楼抽了不少中南海，于是改弦更张，拒绝与雄狮共舞，改抽中南海。虽然价格提高一倍，但如今有些许收入，也就无所谓了。

易南来了例假，郁闷烦躁，江城特地安排周末去吃平价西餐，以示关心犒劳。此地方虽说是平价，但因为是西餐，依然价格略高，即使多数食物并无烹调技法可言，采用煎、烤、拌或是生吃的方法，但依然颇受青睐，餐厅人满为患。

“怎么这么多人，不想吃了，咱们回去吧。”

“来都来了，再等等，马上就有位置了。”江城耐心劝导易南。

“这么多人，要到什么时候啊？”

“快了，快了，你先看看这里的杂志，马上就好。”

“你看吧，我不看了。”易南生气地翻着白眼，好像这些人都是江城找来故意跟她作对的。江城有苦难言，如果换身衣服，就是个低三下四的服务人员。

终于等到位置，江城长舒一口气。他的意思是，这几天易南辛苦了，随便点，反正也没有多少钱，接着自己先点了一些食物，让易南再点。

这顿饭自始至终吃得相顾无言，江城事觉蹊跷，在回去的时候问易南是怎么回事。

“你说是怎么回事？算了，不说了，我们回去吧。”

江城明知是个死，可还是刨根问底，相比于被折磨死，他更怕被憋死。

“你这人怎么这么自私啊，点的都是自己喜欢吃的，一点都不关心我。”

江城大为疑惑，自己大概也就点了一半，况且自己已经有言在先。

“我怎么自私了？我也才点了几个而已，再说我不是让你随便点你爱吃的吗？”

“可是你都先点了，我得给你省钱啊，我都难受成这个样子了，你还只顾着你。”说着易南又哭了起来。

“我都说了，也没有要亏待你的意思啊，是你不点啊，我先点都成了错，那我应该怎么办？”江城已经气得有点晕。

“你应该点我爱吃的啊。”

易南理直气壮，更加衬托江城犹如丧家之犬，无措而迷茫。他理解不了易南的逻辑，只知道女人来事的时候会有无名火，他无法扑灭，只好闪躲，无言地把易南送了回去，看易南转身进楼，江城幸福得差点眼泪横流。

社交网站上经常有诸如“如果不想让你的女朋友早死，就在她来事的时候别让她生气”之类的文章，然而实践的过程并不简单。

例假之后，易南又因为便秘而产生的郁闷与江城大吵一架，江城被气得四肢震颤，险些一拍两散。由于头痛、例假或是其余零散事项而造成易南情绪紊乱的时长，每个月几近三十天。而江城因为实习和受气，致使申请学校的进度依然缓慢，吴昔已经申请完成，柳烟也已进入尾声，江城被搅得心烦意乱，只得躲在楼道抽闷烟。

恰巧碰到子楼，子楼见江城心情不佳，询问他是何缘故。

江城娓娓道来，之后反问子楼："子楼，你说我怎么就遇人不淑呢，搞成这个样子，真是受不了了。"

子楼笑笑："情侣哪有不吵架的，正常。不过易南是难对付了点。韵子是公主的命吧，可也没这么多毛病。你们啊，还是基础太浅，先确定了关系，再互相了解，难免会出问题，得从好朋友开始，一点点过渡。"

"羡慕你和韵子啊，一直都这么好。"江城抽一口烟，由衷地说。

子楼稍稍苦笑，却没有接招。

"心情不好没事哈，多抽几根烟，抽开就好了。"子楼说着踩灭烟头，也就回去了。

夕阳的余晖洒在地面，这是入夜前最后的灿烂。江城的双眼暮气沉沉，他嘴上的烟快要抽完，意识也即将消散。他抓住最后残存的心思，香烟可以更换，那其他的呢？

这天江城实习结束已几近午夜，回到寝室子楼仍未回来，他既没带会员卡，也没留下信息，倒是华清平时削皮用的水果刀不见了。华清说子楼这几天神情恍惚，郁郁寡欢，别是给寻了短见。

"以我对他的了解，子楼相当热爱生活，平常吃面都打两个鸡蛋，估计不会自杀，只可能拿你的水果刀去杀人。”

“那怎么办？刀把上还有我的指纹呢，我岂不是成了从犯？不行，咱们得找到他，去哪里找啊？”华清甚是慌张。

江城叫华清别慌，虽然此时月黑杀人夜，风高放火天，是个寻仇的良辰吉时，然而子楼平日里也没什么仇人，即便寻仇也得先压压惊，到后半夜再动手。所以他要么在抽烟，要么在喝酒又抽烟，可楼道里没人，那只可能既喝酒又抽烟了，因为喝酒提壮怂人胆。江城大概猜到子楼现在的位置。

“你先歇着吧，明天还得早起复习呢，我明天请了假弄材料，我去找他。”

华清把江城送到楼门口，嘱咐他找不到就报警，警察如果再找不到就听天由命。

江城走进他们常去的“西域清真美食”，果不其然，角落里烟雾缭绕，子楼似在借酒浇愁。

“怎么了？心情不好，多抽两根烟，抽开就好了。”江城在子楼对面坐下。

“我都快抽完了，你不来，我就回去了。带烟没？”

“我就不该来。”江城拿出自己的中南海，给子楼点燃。

“到底怎么回事，半夜跑这里来，华清还以为你拿着他的水果刀去杀人了呢，让我尽早报警。”

“谁要杀人啊？”子楼喝一口啤酒，接着说，“韵子想吃苹果，可又不喜欢吃皮，我只是给她削皮，苹果最后都我吃了，江城，我不容易啊。”

“吃个苹果怎么不容易了，我一次能吃两个。说说吧，说出来可能好点。”面对别人的遭遇，每个人都有成为心理咨询师的能力，江城点燃一根中南海，拉开架势，准备倾听。

“江城，我和韵子在一起三年了，三年啊，我怎么对她你是知道的，天气热了怕她中暑，天气凉了怕她感冒，弄个四级考试，我比她都着急。其实，她对我也挺好的，人家一个大小姐，能委下身子照顾我，按理说我应该知足。可是，我俩真的是不一样，我觉得我苦，她也挺苦的。”子楼抽一口烟，顿一下。烟雾已经模糊了江城的视线，他没戴眼镜，看不清子楼的表情，只看到两片嘴唇一张一合。

“上个学期我才勉强定了考研的方向，因为要劝她，我基本一个学期都没开始看书，假期好不容易看了些，这学期一来，有些状态了。江城，我是希望能考上的啊，你看我现在都几点起床，我也做了规划，早上几点开始，下午几点开始，晚上干什么，我也怕我考不上啊。她是不需要什么硕士学历，我跟她又不一样。”江城看子楼已经快把菜吃光，担心他接下来有酒无菜，别给吐出来。不过想来这学期子楼的确坚持每日早起，明显有脱离“坟墓”当活人的意识。

“她还总是叫我出去陪她玩，那也行，我说周末出去玩，顺便我也放松一下。平常的晚上就在学校周边吃个饭，逛一逛。江城，你没复习考研，你不知道，下午正背得起劲，有点眉目了，出去逛一会儿，回来状态就没了，好不容易找回来，自习室就要关门了。我着急啊！这样下去我专业课还没背完，别说是政治和英语了，我的英语是个什么状态你又不是不知道，考研英语这么难，我得付出更多的精力啊！我跟她商量一下，平常能不能少出去逛逛，她在屋里看看视频。可她闲得慌，就说我不关心她，就说我对不起她，我哪里对不起她啦？你见过哪个考研的人还天天出去玩的？她怎么就不能理解我一下？”子楼菜已吃完，酒还剩不少，江城自己也没带钱包，正说要回去取钱给子楼再点两个菜。

“不用了，没菜也没事。”子楼从包里拿出一个大苹果，就着苹果喝起啤酒来。江城傻了眼，想子楼可真是不择手段。

“不要再点了，我现在也没钱了，今晚的饭钱还是我和景乐借的。江城，我家什么家境，她家什么家境。她怕我为难，有时候也花钱，可是我是男的啊，我不能总让她花吧，出去玩、吃饭的钱能我花就我花，我现在还欠着你们每人五百块呢。”江城一想，的确子楼给韵子办晚会的贷款还没还给自己，他要不说，自己都快忘了，赶忙记在心里。

子楼吃口苹果，接着说：“你说我这三年来，天天跟她在一起，既没有去实习，更不可能做什么兼职，哪有钱？钱还不是家里给的。我还没给我爸妈买过什么呢，我都这样了。好，前天，对，就是前天。我去买烟，中南海一盒五块，一条只要四十，我身上就五十块了，为了省十块钱，我说买一条吧，她非要我只买一盒，说要不她晚上就不能吃好吃的了。江城，我只是想抽点烟，我这么难，抽烟都没法抽了啊。来，再给我一根。”

江城再给子楼点燃一根中南海，他觉得子楼都快哭出来了。

“我知道，韵子也不容易，跟着我算是受了委屈了。你知道每次他妈来都带她吃什么？都是西餐啊，牛排、三文鱼啊，那地方我连进都没进去过。她能跟着我来这里吃，去咱们找到的那个什么摩洛哥餐厅吃，说实话，也真的是不容易，她受苦了，她也从来没说过，每次去也很开心。可，我们真的是不一样，她也总有忍不住的时候，我不怨她，我只是觉得太难了，我想让她开心，可是我现在一点钱都没挣，家里还以为我拿钱都去学习了，我也是不孝啊。江城，你说，她怎么就不能理解我一下，为了盒烟就跟我吵。今天又是，她想吃苹果，没事，想削皮，没事，可她又想出去逛，出去吃饭。我说食堂吃算了，我好去复习，她就是不行，就是要跟我生气。我怎么办啊？江城，我跟她不一样，我真的是豁出命来跟她相处，她怎么就不能理解我一下啊？”说着，几滴眼泪从子楼的眼睛里滑落。

江城手中的中南海已经燃尽，他的内心阴晴两隔，既有与子楼同病相怜的悲悯，也有幸灾乐祸的快感。他想到自己之前对子楼的羡慕，看来自己也只看到了一面。

“子楼，你早就跟我说过，人和人是不一样的，我自打和苏幕分开之后，就觉得人得自私一点，对她好是没错，不能让自己后悔，可以不能伤害自己啊。你现在快成我一年多以前的怂样了。子楼，韵子是你的劫数，我觉得你得好好想想，还是分开吧，要不，我说话你别不爱听，要不你研究生考不上的。”

“唉，江城，我怎么能不知道啊，你说的对，我要跟她还在一起，我的研究生就没戏。可又能怎么样，我们在一起三年了，彼此太了解了，她早成了我习惯的一部分，她离不开我，我也离不开她，我们分不开了。”

“怎么分不开？时间够长，再找个朋友，就可以忘掉她了。我当时哭天抢地的，现在不也忘了苏幕，跟易南在一起吗？”

“江城，你跟苏幕在一起才多长时间，跟我，还是不一样，我除了她谁都看不上。”

江城想想子楼说的也是实话,并不生气。“也对,咱们也是不一样。”

子楼长叹一口气，说 :“刚才跟你说说，其实也就好多了，我心里憋着难受，说不出来就更难受。我也想过分手，不是没想过，可是现在平静一下，怎么分得开呢？三年的时间啊，你和苏幕在一起一年多就成了那个样子，我都不敢想我真分了手该怎么办，没法想。韵子也真不容易，我也得理解理解她，公主跟了穷小子，她算是脾气好的了，我再想想办法，劝劝她吧，反正她也单纯，好哄。”子楼说着笑了起来。

“怎么还给笑了啊？你可想清楚啊，不分手，就得接着受气，复习抓点紧，不能这么没原则。你看我现在没原则，被易南给整的，到现在都没有弄好申请材料。你还是复习考研最重要啊。”

“我知道，分手我分不了，就忍着吧，忍着我也开心，跟她在一起就行。江城，爱，就是恒久的忍耐，互相忍忍，也就过去了。”

这绝对是江城认识子楼三年多,从他“狗嘴”里吐出的第一个象牙。

“‘爱，就是恒久的忍耐’，这么骚的话，亏你说得出来。行了，时间也不早了,你也发泄完了,回去吧。对了,这苹果配啤酒,好喝吗？”

“好喝啊，先吃一口，再喝一口，有些果酒的味道，你试试。”

江城试了一下，酒的苦涩里面，还真有些甜。

夜里，江城被子楼的鼾声吵醒，寝室里黑的深邃，只有一丝月光洒在桌上，映着那把水果刀，闪闪发亮。

之后江城偶然发现，这风骚的话语并非子楼吐出的象牙，乃是出自《圣经》的章节，子楼与韵子周末去教堂凑热闹，把它剽窃下来。江城被子楼误导,还说上帝风骚,自觉罪孽深重,有事没事就忏悔一下。

研究生考试大限将至，易南也丝毫不敢怠慢，平日里待在自习室复习，对江城去陪她这个问题也不再做过多的要求。江城本以为可以逃脱升天，不想这却是地狱的另一面，易南要求江城每天都给她打电话，作为关心的表现。

江城实习繁忙，又要自己准备材料，本就精力不济，好说歹说跟易南说好，每天打电话即可，稍微聊几句。可这样过了几天，易南依然不满。

“怎么了，怎么又生气了？”江城躲在公司的厕所，手持一根中南海给易南打电话。

“你每天就打这么一会儿，跟完成任务似的，我能开心吗？”

“这本来就是个任务啊，你别看动机，看结果行不行？”

“好，反正你也懒得打，那以后别打了。”

“不打电话你又该生气了，我都每天打了，还要怎么样啊？”

“你都不问问我，都不关心我。”

江城抽一口烟，平静一下。

“你考研的东西，我又不懂，我说什么，你就反驳我，我怎么问？我说我实习的事情吧，你又不愿听，你叫我怎么办？”

“那你就问问我的身体状况，关心一下我啊。”

“那，那你头疼好点了吗？”

“还是老样子，一看书就疼，又不能不看。”

“再去医院看看吧，要不这都没法复习了。”

“都跟你说了，去医院也是让我休息，他们也没什么办法啊，我总不能不看书吧。”

江城把手机放到一边，他的耳朵有些疼。

“……对不起，我不该对你发火，我知道你也不容易，你那边的事情也挺多的，可是我就是控制不住，我现在头又疼，还得看书，江城，你原谅我一下，好不好？”

江城无奈地拿起电话：“原先你说打电话就行，后来说次数不够多，后来说时间不够长，后来又说话题太无聊，后来又说不够关心你……你这哪里是一个要求，分明是一个要求的五次方，你说我怎么能不把它当成任务？我每天既要实习，实习又和工作一样，还得弄材料，申请都已经开始那么长时间了，我压力也很大啊。”

“实习跟工作一样，谁叫你去的啊？”

江城听到，只好再次不说话。

“……对不起，江城，每天你给我打个电话就行了，我就想和你说说话，好不好？”

“好吧，你也好好去复习吧，先这样吧。”

江城挂断电话，再抽一根中南海，这烟雾过肺不过心，他依然心疼得厉害。他天真地以为以后果然会如易南所言，有所改观，不想每天都是这日的翻版。江城实习时接到工作电话，本就如闻丧钟，每天还得固定拨打丧钟一个，被搞得晦气森森，求生不得，求死不能。

周末江城与易南难得一聚。

“江城，公务员考试快到了，我觉得要不你也考一考。”

“为什么要公务员呢，那么多人考，又不差我一个。”江城点燃一支中南海，今天两人难得的没有争吵，江城也颇为逍遥。

“那么多人考，说明它好啊，你说对不对，公务员待遇又好，又稳定，你说呢？”

“我觉得你只看到一面吧，稳定是真的，可是也意味着提升难啊，况且待遇也一般。我都准备出国了，还考什么公务员啊。”

“你怎么就那么没有信心呢，怎么就升不上去了。出国怎么了？出国回来考公务员的多了，你别以为你出个国就有什么了不起的。”

“我又没说我了不起，我是跟你讲事实，反正都是个工作，做什么不一样？”

“哦，以后就跟现在一样，你天天忙得要死，还加班，都没空陪我。到周末了就是睡觉，咱们也不能出去玩，这是好工作，是吧？”

“反正我觉得挺好的，我可不想天天坐在机关里，闲得要死。”江城有些生气。

“你不要瞎说行不行，公务员也很忙啊，我有几个师兄，都考上公务员了，工作也很辛苦。”

“都辛苦，那有什么区别？”

“按时上下班啊，稳定啊，待遇又好，以后还能以便宜的价格买到房子，不比你现在实习的这个地方好啊？工资又那么低。”

“这里工资低，可是上升空间大，升上去了钱就多了，有钱就行了啊，有钱什么不能买啊？”江城好似亲人被诋毁，立即反击。

“现在北京房子那么贵，如果不是低价买，什么时候能攒够啊？你就喜欢现在这工作，都没空陪我，你怎么这么自私啊，我以后独守空房，多可怜啊。”

“我怎么就自私了？”

“你就不知道为了咱们的以后着想，都是我在想，现在也不给我打电话。”

“唉，我们说得好好的公务员，怎么又扯到电话上了，我不是天天给你打吗？”

“你那叫打电话吗？每天跟完成任务似的，以后天天都见不到面，也攒不够钱，我以后怎么生活啊？”

江城佩服易南有千里眼，居然可以看穿未来。

“你怎么知道我以后就攒不够了，你什么都知道啊？”

“反正我看过好几个师兄了，人家考上公务员的都解决户口，还有不少钱，逢年过节的还有东西发，过两年还可以便宜地买房子，那些去了外企的，又辛苦，又没钱，好几个都又想考公务员了。”

江城没做调查，不好反击，只能迂回进攻：“不管怎么样，我有我的想法，你先让我做我喜欢的工作好不好？可能慢慢我就知道公务员的好了。”

“等你知道了，时间就来不及了。你说你又会说又会写的，肯定招领导喜欢。现在准备一下，还来得及，考一下吧，好不好？”

“我现在还有别的事情呢，不想考，也没空考啊。”

“只有你那个实习重要，别的都不重要，是吧？我这是为了你好，别人我才懒得管呢，你为什么就不能试一下啊？”

“公务员那么好，你也这么喜欢，那你怎么不去考啊？”

“我考不上啊，我又不会写东西。”

“你考不上也不能强迫我考啊？”

“江城，我都这么全心全意地为你想了，你怎么还是执迷不悟啊。我了解了那么多，这些你又不知道，你怎么就不能听我的呢？”

“你怎么知道你是为我想？你强迫我就是为我想了？”

“你都不知道去搜集信息，都不关注这些重要的事情，又不关心我，又不给我打电话，我在为咱们的以后着想，你怎么还能教训我？”

“我在努力啊，我在实习，在申请啊，只有你说的，考上公务员才是努力？打电话才是关心？我平常给你做了一百件事，怎么一个打电话没做好，剩下的九十九件就都不算数了呢？”

“你出个国就了不起了啊？到现在也没个结果，未来也不知道怎么样，就算未来你申请成功回来，我都多大了？你还不想想未来，早点安定下来，你不是耽误我吗？看看人家师兄，每天都给他的女朋友打电话，还考上了公务员，你怎么这么不上进啊？”

江城所做的一切全部被否定，气急败坏嚷道：“师兄那么好，你去跟师兄啊！”

“如果不是我当时喜欢的人不要我了，你以为我会跟你在一起吗？”易南也不甘示弱。

江城像个气球，瞬间被扎破，一下子泄了气，瘫在床上。

“易南，算了吧，让我静一会儿。”

易南的脸上流下两行泪水，两人背对对方。窗外的风越刮越大，冬天真的来了。

易南自小被其母与他人比较，结果自然是负多胜少。江城本以为易南对自己的不满也不过是得了她母亲的真传，如今想想，自己还是年轻幼稚，思维简单。江城与苏幕完成了角色互换，他感觉冥冥之中，这是罪孽的惩罚，是昨日的重现。

江城并没有站在道德的制高点，也就没有资格鄙视易南。他想想自己当时也是越来越喜欢苏幕，也就释然，他相信，只要自己还是对易南好，易南也会像那时的自己。对于任何事来说，动机都绝非要务，结果才是正途。倘若窥探动机，只怕是好事少而坏事多，人心叵测，一切皆可被谴责。

考研日期将近，两人似有默契，江城每日电话聊些甜言蜜语、新闻笑话，易南也再也不说公务员的事情。两人除了周末放松休闲，平时并不得见，倒也过得无事相安。

唐多的学校专业性强，下学期全部为实习，因而毕业晚会改在本学期举行。唐多在毕业晚会上有一个舞蹈节目，景乐作为“家属”兼摄像，与之同往。奇怪的是，回来之后，景乐便再也不照相，把相机都封存起来了，天天对着电脑，不知在干什么。

这天江城实习结束归来，只看到景乐一张脸被电脑屏幕映衬得惨白，他怕这阴气从屏幕里招出个厉鬼，赶忙开灯。

“你怎么也不开灯啊，我以为是鬼呢。”

“哪家的鬼还用电脑啊？”景乐久坐不动，趁着江城回来，起来走走。

“以前的鬼从电视里爬出来，如今与时俱进，也该从电脑里出来了。”

“你说的时代走得太慢，如今应该从手机里爬出来了。”景乐走了两步，接着坐下。

“景乐，奇怪了啊，你最近怎么也不照相了，天天坐在电脑面前，还把相机都收起来了？”江城无所事事，扶在椅子上问景乐。

景乐一天见不到个人影，如今也来了精神，“前两天唐多的学校不是有毕业晚会嘛，我就去给她照相，当然是想给她照得好看点。她还没上场我就琢磨怎么取景，怎么采光，如何调模式之类的，当然结果也很好了，我的技术在周边也是有口皆碑的。”景乐先夸一下自己，接着说，“唐多也挺满意，可是她问我看她跳得如何。说实话，我的心思都在怎么拍照上了，她跳的是什么，我真是一点都不知道，她那天的衣服又看不出来是什么舞种。我回答不上来，于是她就生气了，说如果你都没看到我跳什么，那拍出照片来又有什么意义？我想了想，也对。”

“那你拍照有什么意义啊？”江城也来了兴致。

“我也在想，自己为什么拍照，一开始肯定是因为兴趣，后来买了相机，主要是为了还债，等债都还清了，应该就是虚荣了。我照得好，周边人都来找我，我有面子。我把相片发到网上，大家都来看我的主页，我也开心不是？老实说，照片的吸引度比日志强多了，你看我这么多的访问量，基本都是学会拍照之后积累的。”

“有道理，那现在呢？看破红尘啦？”

“有点吧，你说我钱也还了，虚荣也有了，这些东西的吸引力也就减弱了。我希望通过相片把风景定格，让风景永恒，可在拍照时只顾着思考技巧，却忽略了风景本身，更没有去领悟风景，那定格的又是不是真正的风景？这样在照片上的风景，值得我去让它永恒吗？它也只不过是赚钱的工具，虚荣的载体，它是死的，没有生命。”景乐顿了一会儿，看了看江城，似有发现，“好了，我知道你没有听懂。”

江城瞪大双眼，有些迷茫，突然脑中有个灯泡亮了一下，“说实话，你这段话是不是事先背好的？”

景乐见被识破，只好实话实说：“嗯，嗯，这是我给社团的师弟们讲课时候准备的话，反正意思就是这个意思，给他们培训，总得玄乎点不是？”

“我就知道，那你现在是在做什么啊？”

“我摄影的水平也就这样了，再提高就得先换相机，一时半会儿也实现不了，于是就准备息影了，干点其他有兴趣的事情。假期里我回了趟老家，发现村子里有很多外来的媳妇，他们之间的互动还挺有意思。现在这方面的研究还很少，我毕业论文准备研究这个课题，最近在找资料。论文咱们都不会写，还叫什么大学生啊，我一点一点学规范呢。”

江城窃以为这是世界末日的征兆，一时间惊得说不出话。

“我知道你以为我疯了，放心吧，到时候给你看成果。我做事全凭兴趣，有兴趣肯定能做好，摄影有兴趣，怎么都好，英语没兴趣，这次四级也不准备考了。”

江城对景乐的英语并不关心，“让我看看你现在的进度。”说着凑到了景乐的电脑面前。

“你看，这是一些前人的研究成果。”江城移动鼠标，电脑重新被激活。

晚上大家都已上床，景乐还是端坐在电脑面前。子楼不免起疑：“景乐，干吗呢，还不睡？”

“他做准备呢，要回老家研究外来的小寡妇。景乐，小心点啊，寡妇门前是非多。”江城主动回答了子楼的问题。

“谁跟你说是寡妇了？是外来媳妇，人家有老公的。”景乐合了电脑，上床睡觉。

是夜圆月高悬，地冷天寒，月亮愈显剔透，月光更似清流。校园里寂静无声，万物停滞，像是被冻住似的。

考研前一周，羽歌先是因为期末的小组作业与柳烟配合不佳而与之大吵一架，接着在网上持续激烈的争吵。之后故事再起高潮，羽歌的高个男友也加入进来，他与羽歌彻底闹翻。

江城此时忙于申请，虽然有幸灾乐祸的强烈快感，但碍于精力不足，也没持续多长时间。景乐获得内线消息，说是羽歌又看上了别人，要与高个男分手，高个男才不惜撕破脸闹翻。不过，高个男虽然不择手段，也只是最后一搏，勉强算是真爱的表现。

考研的这个周末，景乐继续学习，江城准备材料，韵子依旧冬眠。子楼、易南与华清奔赴战场，沉着应战。华清在同一个考场看到苏慕，而羽歌并没有去考试，不知去往何处。

江城与易南之后前往植物园的卧佛寺请愿考试题名，申请顺利。隔日江城把易南送上回家的列车。

江城由于实习，与厢儿一道继续留守几天。临近农历新年，工作更加繁重，厢儿这天已经累得有些神情飘忽，招架不住。她上个厕所，回来便与江城诉苦。一会儿却听得有个人一路走一路打听，询问谁的微博名叫“逃之厢厢”。

这名字属于厢儿，但她看这人一副领导的模样，不敢轻易答应，坐在椅子上努力回想最近是不是说漏了嘴，在微博上倒苦水，被领导发现了。然而自己的微博从不加同事，自己用词也很隐晦，断然没有被发现的可能。要不就是被他人告密？可自己压根没写什么，又有何密可告呢？

厢儿正在瞎想，这人再问一句，见无人认领，眼看就要移师下个隔断。江城赶忙提醒厢儿，赶紧先答应下来，别给被动了。厢儿也觉得自己没做亏心事，不怕这个“小鬼”来叫门，于是挺胸抬头站起来，理直气壮地说："我的微博名叫'逃之厢厢'，怎么了？"

"哦，你的微博名字叫'逃之厢厢'啊？"这人一边问，还一边上下打量厢儿一番，像是打量嫌疑犯。

厢儿被看得有些心虚，但还是输人不输阵，故意提高嗓门，以示清白："对，就是我，怎么了？"

"哦，你的手机落到厕所了。"

厢儿涨红了脸，赶忙低头找个地缝钻进去，往地下一看，江城已经笑得趺到地上，把地面的缝隙堵了个结结实实。

工作的最后一天，江城问厢儿回家的打算，厢儿说要回去坚持天天跳健美操，把肥肉减下来。江城也曾经尝试每日锻炼，妄图练出腹部上"爱的把手"[1]，可惜坚持了三天就果断放弃，如今肚子上还是肥的赘肉。江城深知这坚持的难度，他对厢儿说："我祝你好运。"厢儿见江城看不起自己，撇撇嘴："回来你看到就没话说了。"

江城购买一打印有学校校名的信封，把千辛万苦拼凑的材料装好，寄往英国。回到寝室，信封还剩了几张，静静地躺在桌上。他拿起信封，心想自己如此认真，应该会有个好结果吧！

1　指人鱼线。

第八章　背包

这北方的小城迎来了新年的第一场雪。小城多山，举目四望皆被环绕，雪景风光，几里冰封，十几里雪飘，再远就看不到了。此地空气中粉尘甚多，颗粒甚大，落雪的天空像是被洗染色了的纯白保暖裤，一块白，一块黑，大面积是灰色。雪花飘飘洒洒，它们本该是欢快的精灵，却在下落的途中遭遇变故，受了惩罚，被黑色的尘埃玷污，失去了清白的贞操。从此以后，它们不再是冬神的宠儿，只得承受被遗弃的讥笑，只因它们选错了方向，来到这个地方。

天气越来越阴，几近昼夜难分，小城的下午便灯火通明，路上黑色的雪堆被灯光照亮，显得愈发沮丧。一对身着校服的情侣，肩并肩站在桥上，旁边的车来来往往，周围的雪纷纷扬扬，他们沉浸在这简陋的冬日恋歌，陶醉在彼此的眼神，如两株向阳的花朵，被对方的羞涩滋养。男孩灿烂地捏个雪球，朝欢笑的女孩扔去，弄脏了女孩的衣裳。

江城心已有所属，两耳不闻窗外事，整日守在电脑面前刷新邮箱等消息，吴昔和柳烟已经收到数个录取，相衬之下，他就越发着急。其母让江城放松，其父让江城休息，他全然听不进去，坚决地唱反调，直勾勾盯着电脑，机械地手抚鼠标，几天下来肌肉有了记忆，只会蜷缩地坐着，像个扭曲的根雕。

其母见江城尽心尽力，不免心疼，削个大梨以资鼓励。江城食不下咽，四肢近似瘫痪，只得让他妈来喂。江城母倒不觉得尴尬，笑说时光倒流，好像回到了他小的时候，只差胸前垫块围布。江城心急火燎，他不觉往事重现的温馨，却有行将就木的心情，“匈奴未灭，何以家为”，录取不到，就算死后长眠，也是无法安睡。

从江城去年开始准备，业已十月有余，他的等待好似十月怀胎，如今预产期已到，却还没什么信号，自然忧心忡忡。虽然这个胎儿缘起于一时兴起，明显是意外的产物，酝酿过程中江城也一度有些犹豫，试图“人流”了它，不过还是因为种种原因留到了现在。江城只剩下初为人父的焦虑，盼着“孩子”赶紧降生，别出什么乱子。

这天毫无征兆，胎儿竟顺利降生，江城一大早就看到一封录取信。然而这个学校位列江城所选学校名单的末尾，素有录取发放机的美誉，之所以申请也只是作为个防备。江城见有录取，焦虑减少，失望却陡增，他深知自己的实力，超级名校必是无望，但一般名校应该还可一搏。他嘴上淡泊得虚伪，之前有外人询问，便说有个录取就行，实则内心把与本校合作的英国名校作为最低选择。而今头胎降生，江城不思如何培养教育，却看到头胎长得歪瓜裂枣，直接扔到一边，任由其哭闹，终日期盼二胎能有所提高。

头胎怀了十个多月，事隔几天，江城就盼着二胎，然而狗猫都未有如此快速，通常这么快也只能生出个蟑螂。他期盼未遂，不得已询问久病成医的赤脚医生——那个去过英国的大师兄，自己的二胎有无希望。江城自然不愿相信残酷的现实，慌忙地刨根问底："跟学校合作办学的那个学校也没有希望吗？"师兄答曰："你雅思不高，成绩不好，申请还晚，又没有参加去伦敦的交流，现如今到了这个时候，也不见得毫无希望，至少是希望渺茫。"

江城被彻底打击，想想真是因果报应，刚上大学时不知未来，对胡月欠下孽债，不知积德行善，如今遭此恶报，实在罪有应得。虽然未去伦敦仅为不得二胎的一个原因，然而却为外因而非内因。雅思分数与平日成绩皆为江城自我造成，未去伦敦却是胡月从中作梗，他当然不会过分谴责自己。几天下来，越想越气，认为自己不得有风华绝代的二胎，却只有个面容丑陋的头胎，完全是胡月所害，她何以狠毒至此，断了自己的生路，灭了未来的期许。然而转念一想，生气又能怎样，自己当时让胡月多么伤心，自己怕是也不知道，果真去找她理论，理论又能如何？自己能力不强，却怪到别人头上，只能给他人徒增笑柄，贻笑大方。如今生米已成熟饭，自己的状态已然回不去雅思的牢笼，成绩也已盖棺定论，再去理论，怎样愤恨也是徒劳。自己跟胡月索赔，又没证据，只会更让人家看不起自己，庆幸于当时的分离。江城自作自受，只有一胎百事哀，垂头丧气时间长了，也就逐渐想通，自己未有二胎，也是原罪未除，活之有该。于是别人未有强迫，自我做了“结扎”，断了二胎的想法。

江城二胎希望落空，回头再看头胎，想这孩子虽然面容丑陋，也并非天才，但至少不是个痴呆。怀胎十月，顺利降生，已是修来的福分，多少人或是生不出来，或是畸形怪胎，自己这头胎虽没有玉树临风之形容，也没有兼济天下之胸怀，但最起码健康无害，相比之下，已属不易。头胎差强人意，也算是聊胜于无。

江城别无选择，只得无奈地由厌恶转为喜爱，悉心抚养一胎。自此江城整日在网络上搜索关于此大学的评价，每每找到积极的言语，便如孩子被夸奖，喜笑颜开；如若找到负面评价，便如孩子被恶意中伤，恨不得与之当面对质。然而这头胎本来也是被动接受，底子本就不厚，结论必然是负面多而正面少。江城以他人评价弥补自身不足的意图遭遇彻头彻尾的失败，虽没放弃继续追寻信息，但看着这不争气的头胎，眼神里还是充满了悲哀。

江城的父母辗转得到不足为信的英国大学排名一份，见头胎排名甚高，以为其天资聪颖，是个英才，自然喜上眉梢。江城不想点破真相，让父母和自己一样沮丧，只好竭力劝导他们放平心态，说大家皆有录取，实在没什么可炫耀。然而父母认为江城谦虚得过火，只是另一种虚荣，态度并不可取。其母更是心直口快，忙不迭将喜讯与亲戚朋友分享。消息传开，不免有人前来讨教，江城自知这排名的骗术拙劣，怕大家看了头胎的真面目失望，自己也脸面无光，借着要继续实习的理由，早早逃离小城返校。

景乐不愿在家里多待，早早回来，完成他关于外来媳妇的毕业论文。江城周六返回，在学校待了一天，由于申请总算有个结果，不再寝食难安，吃得饱，睡得着，瞬间扭转饥寒交迫的颓势。

江城有了头胎，保胎药自然没了用处。加之毕业论文至今又只字未动，时间紧迫，江城便向小主管提出离职。这本是公司的常态，主管也不会多做阻拦，只说电视广告部有一支广告片还没完成，需要前往天津拍摄，人手不足，两天一夜的行程希望江城随往，帮她最后一个忙。江城见小主管态度诚恳，自己起初又对她颇多意念上的伤害，心有愧疚，也就答应下来，当作临别的感念、最后的晚餐。

翌日厢儿回归，身材不进反退。厢儿无奈地说今年时运不济，健身操跳了两天闪了腰，躺了一个星期，滋补佳肴吃了不少，腰好了，肚子也大，原以为可以在家多待几天，继续减肥，不想却要去天津拍什么广告片，只好臃肿着回来。

江城本来对这最后的任务颇有抵触，如今见厢儿也会同往，稍感欣慰，起码一路上不会无聊。厢儿也惊喜于世事无常，但听到江城不日即将离职，还是有些哀伤，嘱咐他大可“瞑目”，安心上路，自己必会送了他这最后一程。

此行共有导演、小主管、江城与厢儿四人。导演负责构思，小主管负责协调，厢儿负责记录做报告，江城负责当苦力。江城一路上与设备为伍，设备多而杂，厢儿还得帮他点数。好容易到了天津站，下车时江城大包小包身上扛，一时间后悔万分，累得出了神，自嘲道：“厢儿，你说我怎么跟个农民工似的？”厢儿急忙冲他眨眼，江城以为厢儿听觉紊乱，挤眉弄眼是要再听一遍，刚准备再说，却感到背后一阵阴冷，扭头一看，身后两位真正的农民工大哥已经把被褥放在地上，犹如出笼的猛虎，二目圆睁，似要吃人。江城尴尬地冲他们笑笑，居然还妄图道歉，被厢儿拉到一边。

到了拍摄地点，江城帮忙布置设备，随即坐在一旁，以备导演呼唤。拍摄从当天中午开始，江城观察一天，发现导演当然通晓基本的拍摄准则，但着实没什么特别之处。而事实上，广告本就是一个难于衡量的手段，其效果也不好体现，百年以前，美国的一位百货大亨就有名言一句，大意是他知道他做的广告里没用的有一半，只是他不知道是哪一半。

广告拍完已到夜晚，此地华灯初上，江城却觉得有些荒凉，只好收拾了设备，与厢儿回到了住处，正好利用晚饭后的时间，两人难得有时间坐下，毫无压力地聊一聊。

“江城，假期里你都做什么了啊？”

“没做什么啊，等申请学校的消息，陪爸妈和奶奶，无聊得很。”

“你家人过年的时候都在一起吗？”

“对啊，我爸妈都快退休了，其实也跟退休没什么关系，他们好像也没怎么忙过，反正我家过年是一定要在一起包饺子、看电视，弄得我都会擀饺子皮了。至于申请结果，好不容易才等到一个烂学校，现在还郁闷呢。”

“哦。”厢儿不再说话。

江城一看气氛诡异，改被动为主动，再问厢儿假期的活动。

“我啊，假期跟‘流窜犯’似的。”厢儿笑笑。

“你一小姑娘能犯什么事情了？”

“嗯……我爸妈很早就离婚了，现在我爸又找了个后妈，说实话，后妈对我挺好的，可我亲妈又一个人住，我只好两头跑了，到了假期我比上班都忙。”

江城听得有些呆滞，如此复杂的家庭状况他无法想象。“你算是无间道了吧？”

厢儿对着江城道：“算是了吧，我两边都是卧底，跟我爸说我妈的状况，再跟我亲妈说我爸的状况，不过对我亲妈，我还是有所保留。”

“这也正常，一般女儿都和爸爸比较亲。”

“其实我跟我后妈比较亲，呵呵。”厢儿顿了一下，“江城，从小你父母打你吗？”

“不打啊，他们顶多也就是说两句。”

“我爸妈可都是真打，我一没考好或是做错事，就直接往脸上糊的那种。我后妈从没说过我，我就跟她亲一点。”

“你是他们亲生的吗？”江城有些不敢相信。

“应该是吧，要不我爸给我那么多钱干什么？他也不傻。”

“哦。”两人再次陷入沉默。

“对了，厢儿，问你个问题，你平常都跟我吃小馆子，是为了，有意迁就我吗？”江城忽然想到这个长久以来的疑虑，小心地询问厢儿。

“什么？”

“就是你平常都陪我去吃便宜的饭，是不是怕刺激我才不去贵的地方？”

“哈哈。”厢儿笑着坐了起来，像个欢喜佛，“你想多了，我只是为了自力更生。”

“什么意思？”

“从小我爸就把我的路规定好了，他跟我后妈没有孩子，指着我去接他的班，可我对做生意没有兴趣，觉得广告有意思，就偷偷来这里实习了。我想看看我没有他能不能过，咱们的工资少，平常跟你吃，用工资吃饭才够啊。”

“那你的包怎么买的？这一买你半年怎么吃？”

“包？那还是靠我爸了。其实这几个月，我发现靠自己还是差得多，平常上班，还能坚持一下。下了班，到周末，还是坚持不了，也没法坚持，我都习惯买这些东西了，不跟他要钱，怎么弄？健美操我都只能跳两天，其实，好像坚持是挺难的。然后，我也不知道你有没有钱，更别说迁就你了，你把我也想得太好心了，哈哈。”

“哦，这样啊。”江城后悔透露了自己的家境，一切源于一个误会，他就更显自卑了。

厢儿突然缓缓地说“江城，其实我挺羡慕你的。从小在家里我爸妈谁都不会做饭，我应该算是吃过各种地沟油做的菜了。家，对我来说就是免费的宾馆，只是个睡觉的地方，而且真的还会有外人来打扫啊。我都不知道过年一家人聚在一起是什么样子，他俩聚一起就吵，还不如我两头跑。过生日的时候，我爸都会给我一张卡，叫我随便买，随便买我能买什么呢？一个人逛逛也就累了，两三个月都见不到他一次，倒是现在跟我后妈逛得多一些……我跟你说这些干吗，算了，不早了，早些休息吧。”

江城本来累了一天，如今有些迷糊，听厢儿说了一番，恍惚间居然有了优越感，觉得自己还挺幸福。

隔日江城去公司办离职手续，顺便与厢儿道别，厢儿执意要送江城最后一程，放下手头的报表，与他来到公司门口。

“回去吧，我会一路走好的。”江城跟厢儿招手。

“我得把你送到西天啊，我再送你一下。”

“已经到门口了，我回学校了。”

“走吧，我再送你一下。”厢儿指了指公司前面停着的一辆 MINI COOPER。

江城笑笑：“我早该想到了。”

“我偶尔开它来，走吧。”厢儿把江城带上车。

江城于路途中没话找话，本想夸厢儿的车不错，可又怕自己露怯，显得土包，改夸她驾驶技术出众。

“那是，我怎么也是老司机了。”说着老司机一个急刹车，差点撞到前面，江城惊魂未定，本想质疑老司机吹嘘，看前车贴个“实习”，只好谢厢儿的救命之恩。

一路上堵车堵得痛苦，两人历经磨难，算是到了西天。江城在校门口与厢儿道别，他并未取得真经，却有悲伤的心情。见厢儿的车渐开渐远，江城默念她一路平安，撞了就可惜了，车还挺贵的。

易南不日返校，“江城，北京市的公务员考试快到了，你要不考一下吧。”

江城见易南故态复萌，自然怒气横生，“我都有录取了，还考干什么啊？”

“有录取也不代表没法考啊，考一下试试呗。”

“你为什么这么热衷公务员啊？”

“江城，你别不识好歹行不行？别人我才懒得管呢。你那个录取别以为我不知道，也不是什么好学校。花那么多钱上个这样的学校，有意思吗？你觉得对得起你家人吗？我觉得你考上了公务员，就别去了，还能积攒两年的工作经验。”

“我爸妈都没说什么，你着什么急啊？我去那里上学，他们还挺高兴的。”江城做垂死的挣扎。

“你爸妈又不懂，以为你去了英国就是去了什么好地方，什么好学校一样，你难道不知道吗？说实话，你挺令我失望的，既不上进，也不孝顺。”易南说。

江城毫无反驳之力，他被彻底击垮。易南说的全都正确，包括之前的见解，自己倘若雅思考得好些，也不至于落到这般田地。然而易南的建议从来都像命令，即便正确，江城也不愿多听。江城觉得受到压迫，故而有强烈的反抗倾向，他自觉有听从建议的自由，也有置若罔闻的权利。虽然易南是洞若观火的先知，但他依然愿意走在荒蛮的道路。

易南等待考研成绩本就心烦意乱，江城的负隅顽抗更使她烦躁的心情雪上加霜。

景乐的毕业论文走的是美国式的实证主义，走街串巷，明察暗访。他于上学期做了问卷，又列了访谈提纲，假期里找到村子里的外来媳妇，挨家挨户发放。村子里的人见景乐背个包，起初以为他是上门推销，又见他发放传单，觉得是散播邪教，最后搞懂了他专找外来的媳妇，是流窜的色魔，伺机要对这些小媳妇们动手动脚。外来媳妇的丈夫们常年在外打工，她们只好守活寡，门前是非也不少，景乐被当作流氓疑犯，险些就要被村民们扭送公安机关。幸得他爷爷出手相救，说这是我孙子，正在研究学术，望乡民们配合。村子里民风淳朴，不懂学术，只知道他爷爷是村支书，支书发话，只好勉为其难地应付。为保安全，每次景乐约小媳妇访谈，都有婆家人陪伴，景乐问得心惊胆战。

景乐九死一生，终得问卷数十份，访谈记录若干。想自己调查外来媳妇，唐多倒险些成了寡妇，不由得悲从中来，颇多感慨。与唐多生离死别重逢，先游玩两天，算是珍惜现在的体现。

江城与子楼的毕业论文采用欧洲式的思辨主义。江城研究老年人，子楼研究大学生恋爱，然而江城唯一见过的老年人就是他奶奶，子楼深入了解的情侣也唯有韵子和自己。二人无奈，妄图窝在宿舍里，看看书，看看报，思维火花一闪耀，火花照亮夜空，论文马到成功。然而思辨多天，依然没有灵感，论文荒凉得有如戈壁滩。两人各叼一根烟，对着电脑写两行删一行，凑得辛苦，编得凄楚。两人一天从早到晚，香烟接连不断，却毫无进展。夕阳的余晖破窗而入，小屋两行孤烟直，短叹一对愁脸圆。

华清不同于其余三人，走的是偷梁换柱的路线，直接拿出自己以往写过的论文一篇，加了几页，重新排版，整个论文三天写完，效率奇高，轻松简单。

江城的论文编撰进入中段，思维火花依然没有，只能从他人那里借些思维“火柴”过来，时长较短，光亮有限，稍有不慎还可能因为抄袭的罪名烧伤自己。江城一边点“火柴”，一边防“火灾”，编得极其痛苦，好在论文只要八千字，眼看胜利在望，要不江城真的要用火柴自焚了。

这天刚刚入夜，江城忽然收到吴昔的信息一条，问他有没有时间，要不见一下。江城虽略感奇怪，还是欣然赴约，毕竟二人也许久未见。

江城与吴昔在校门口见面，一同走向学校旁边的公园。吴昔说些自己申请的过程，顺便询问江城与易南，自然得到来自江城的大量抱怨。吴昔沉默一会儿，接着说："江城，真的很对不起，那时候我也不知道怎么回事，应该伤你挺深的，之后碰到你我就想跟你道歉，可是你好像也不愿听。我觉得两个人在一起特别没有安全感，可能跟我父母有关吧，他们的感情就不是很好，嗯，总之就是对不起了。"

"过去的事情，提它干吗，没事啦。"江城假装大度，露出僵硬的微笑。

"你觉得和易南在一起开心吗？"

"唉，怎么说呢，我们感情基础太浅，价值观有太多不同的地方，总之就是走一步看一步了，以后的事情谁都说不好。我现在自己的事情还没弄好，申请结果也不好。不过，你是真厉害啊，申到那么好的学校。"

"我准备得早嘛，况且我也喜欢学英语，不过应该还是有运气的。嗯，你我的两个学校又不远，到了英国也可以经常见啊。"

是夜无话，两人一道回到了学校。

夜晚，空气清澈，微风萧寒，几只野猫流窜于无人的校园，它们闪烁灵动的双眼，似是在找寻丢失的思恋。

子楼在书写毕业论文之余参加了北京的公务员考试。这天晚上，景乐依然在自习室整理问卷。江城与华清难得空闲，子楼说他给自己的孩子起好了名字，叫二人帮他品鉴一下。

子楼说他喜欢“像雾像雨又像风”这句话，觉得特别文艺，于是准备生女孩就叫“刘雾子”“刘凤子”与“刘雨子”任选其一；生男孩就换了顺序，叫“刘子雾”“刘子风”与“刘子雨”其中一个。这样既包含了这个文艺的句子，也取一个“子”字，与自己和韵子搭配。华清一听，首先否定了“疯子”，子楼也顿时幡然醒悟，责怪自己只顾文艺却智商变低，连最基本的同音含义都没发现。还剩两个女名，然而“痦子”与“鱼子”，一个是丑陋的代表，一个是待烹的佳肴，同音的含义依然不好，故而也被舍弃。女孩的名字不被接受，男孩的名字受到牵连，也就觉得别扭。子楼的想法随即被华清一笔抹掉。

江城对政策略知一二，说根据法规，子楼与韵子虽然皆为独子，也顶多生一男一女，要六个名字也是浪费，各起一个名字就好。江城提议男的叫“刘小楼”，女的叫“刘小韵”，首先不算难听，而且宣誓了子楼与韵子的所有权，还有点西方名字里“二世”的意思。子楼一听，这两个名字样貌虽然简单，但含义丰富，又有西洋血统，颇为满意，当场决定采纳，并承诺由于江城名字起得好，以后孩子满月酒的红包就不用了。

江城奇怪子楼为何想到要给孩子起名字，问其缘故。

“对你们我也不想隐瞒什么了，咱们快毕业了，说实话，我和韵子也快到头了。她妈妈反对我们在一起，强烈地反对，如果她回家乡去了，我们就是彻底的没希望。我现在工作也没有，考研成绩也没出来，上门提亲都没有底气，可我俩是真的不想分开。想来想去，我俩觉得还是最后一搏，看这几天能不能怀上个孩子，这样我就有谈判的资本了，有了孩子，就逼她妈同意，就算不同意我，也肯定不能让孩子没有爹。

我知道这样做风险很大，可是也没有别的办法了。”

华清与江城全部听呆，一时间说不出话来，等到缓过神来，赶忙劝子楼三思，这决定绝对前途未卜，凶多吉少，对子楼，对韵子都不好，实在不能冲动。

“我知道你们是为我好，可是，可是我能怎么样呢？我跟她妈妈斗，我的手上只有韵子，我没办法啊。我俩不想分开，我们什么办法都要试试，真的，我没办法想象分开的时候，我们不能分开。”

江城和华清还想劝他，却无奈地不知从何开口，这屋里气氛凝重，空气似被冰冻。

子楼笑笑：“江城，谢谢你给我孩子起的名字。他俩生出来，就叫这两个名字了。孩子叫什么名字，这个主我还是做的了的。”

景乐碰巧回来，听是给子楼的孩子取名字，顿时来了兴致：“那还不简单，子楼，生男的就叫‘刘氓’，生女的就叫‘刘产’。我这次在村子里调查的经验，名字越俗越好养。”

景乐本以为讲个笑话，子楼把头扭到一边，却不说话。江城给景乐讲讲事情的缘由，景乐自知口无遮拦闯了祸，拍拍子楼的肩膀，跟他道歉。

“没事，景乐，你也不知道背后的事。你起的名字其实也挺好，通俗。不过还是叫‘小楼’和‘小韵’吧，真有这两个名字的时候，说明我和韵子还没分开。”子楼冲着景乐勉强挤出一丝笑容，眼睛里却有些泪水。

江城陪子楼在楼道抽烟，子楼问江城，他们时间都算好了，应该能怀上吧？江城说：“我希望你们没分开，韵子也没怀上。”子楼苦笑，说："我也希望。"

考研成绩不日公布，华清毫无悬念地被清华录取，易南也顺利考上。子楼虽然折戟，但幸亏他留了一手，通过了公务员考试，获得北京某街道职位一个，也不算鸡飞蛋打，之后子楼顺利通过体检，只等着上班。

易南心头石头落地，随即不再生气，给江城打电话约见面。江城愤怒于自己的命运需要易南的心情来判决，二人虽然恢复了联系，但见面仅限校园与公园。

答辩当天，江城寝室四人穿得"人模狗样"，来到教室候场。江城与子楼借鉴的思维火柴太多，自己都不太了解写的内容，虽然心虚，却想强装精通。老师看二人贼眉鼠眼，一眼望去全是破绽，于是整个答辩犹如审问罪犯。两人慑于几位警官的威严，渐渐招架不住，漏洞百出，最后只得一五一十认真交代，灰溜溜地走下讲台。华清的论文虽是旧货，但怎奈他理论功底深厚，依然博得老师的青睐。景乐的论文既有问卷调查，又有个案访谈，理论运用得当，还是艰苦卓绝的产物，老师们如获至宝，奔走相告，争相传阅。

景乐为了庆祝答辩顺利，准备出去旅游。江城帮着景乐一起收拾东西，忽然想起景乐前几天穷得都快卖腰子了，吃个饭还是自己请的，就问他旅行的经济来源是什么，难不成是沿途乞讨？景乐说："哦，钱啊，先跟唐多借的。"江城心想，唐多对景乐真是够好。

景乐出发之前，四个人在校门口合影留念。四年之间，校门都换了，这照片上四人早没了初来北京的惶恐羞涩与难掩的纯情，只剩了一脸的疲惫和勉强的僵硬。

之后景乐便去了机场，他连相机都没带。

尼泊尔，一个神圣的国家，那里有绵延崇山上令人畏惧的冷峻，也有山脚河湖边沁人心魄的美景，那里是平静安然的道路，是恬适淡然的归宿。尼泊尔，是释迦牟尼的故乡，也是对中国免签的地方。江城想了几天，觉得景乐去尼泊尔的原因，绝对不是他说的要追求身心的安宁，应该只是因为此地手续方便，又距离较近。这点从他口口声声说不带相机是为了感悟风景、洗涤心灵，其实是相机的快门坏了被拿去维修就能看得出来。

天气越来越热，似是无处可躲。夜晚的校园，即将毕业的人相聚于树下，聊些彼此的过往，这些话语堆砌在树的周围，像是一个屏障，短暂地隔绝了让人厌烦的热浪。

江城这天偶尔打开邮箱，却赫然看见一封邮件，是另一个学校的录取信，这所大学与和本校合作的英国名校水平相当，大幅高于江城头胎的水平。江城本来已经绝望，不想却绝处逢生，然而长久的麻木让他早已没了柳暗花明的兴奋，虽然竭力想要激动起来，却依然像个木头人。

江城把消息告诉家人，自己躲在楼道抽烟。子楼听到了消息，过来和江城聊天。

“怎么样？又有录取了？”子楼点燃一根中南海。

“是啊，又一个学校，比前一个强一些。”

“江城，羡慕你啊，我下周就要去上班了，说实话，我从没想过自己上了四年大学，居然去了个街道，估计成天地要和老头老太太打交道。可是又有什么办法呢，我没听你的，也听不了你的。”

“在街道还能有个户口呢，我以后回来，也不见得能弄到户口。”

江城抽一口烟，安慰子楼。

子楼笑笑，好像并没有把这安慰当真，“以后如果缺了耗子药什么的，跟我要就行。”说着踩灭了烟头，也就回去了。

楼道里烟雾弥漫，江城以前期待英国的大好河山，如今却有些茫然。那远在伦敦的师兄，学校比自己更好，如今归国待业在家；易南的弟弟小禾电焊毕业，工作稳定，工资颇高。他不知道此去究竟是胜利的逃亡，还是个虚无的幻想。

易南得知江城被此校录取，兴奋更甚本人，说要给江城庆功。江城疮好忘痛，觉得既然如此，两人的心结也就算是打开，前嫌尽释。

“江城，你想过回来之后的打算吗？”

“回来啊？先在北京吧，找找机会了。”

“北京的房子那么贵，什么时候能买得起啊。”

“事情都不是一步到位的，慢慢来，慢慢攒，总会好的。”江城抽一口中南海。

“等咱们攒好我都多大了啊？你怎么不为我想想啊？”

江城忽觉得似有不祥的征兆，疑惑地问：“那你有什么打算啊？”

易南一听江城愿意听自己的见解，兴奋地说：“你看，我家那里的房子还很便宜，现在我家还空了一套，这样如果你过去了，咱们连婚房都有了，多好啊。要不这房子肯定得留给我弟弟。”

“可，可，我好容易去英国上学，回来去你们那里？我去了干什么啊？”

“你别看不起我们那里，现在发展得也挺好的。你可以去考个公务员啊，我也考个公务员，到时候咱俩生活又安逸，又空闲，你说呢？”

江城强压怒火，竭力让怒火也只是一闪而过，接着说："我再想想好不好？现在定下来有点早，不过我觉得你说的也对。"

易南一听，颇为满意，高兴地犒劳江城，作势要抱住江城。江城招架不了，立即求饶，两人竟难得地欢笑。

夜晚，易南安睡，而江城无眠。他呆呆地看着天花板，心想临近毕业，也没什么必要再吵，即便是有不同的意见，搁置一下也就算了。其实易南说的几乎都对，北京的房子贵得离谱，倒不如小城的安逸舒服。然而转念一想，自己努力如此长的时间，终于达成所愿，去了英国，不就是希望逃离小城，让家乡的人羡慕赞赏？如果回来却去了易南那里，还安于做公务员，岂不是才出狼窝，又入虎口，家人也没有面子，更是不会答应。自己如此付出，还未收到成效，却只想着舒服，着实才叫不孝。江城越想越纠结，头痛欲裂，只知道未来的事情以后再说，如今先得过且过。

天气越来越热，到了毕业旅行的时候。不知从何时开始，毕业就和旅行扯上了关系。本就是百无聊赖的人想去玩耍，所以旅行也和毕业没有关系。华清作为百无聊赖的代表，组织了班级的毕业旅行，邀请大家同往。然而班上的人一部分在工作，一部分找工作，剩下的闲人只是少数，说是班级，最后弄成个小组，彼此还不甚相熟。

江城本对旅行不感兴趣，他觉得熟识的同学欢快地相聚，形式没有意义，对于不熟的同学，聚也白聚，什么形式都没意义。然而他却愿意参加这毕业的旅行，虽然小组里不熟的同学居多，这旅行照理是没有意义，然而江城不想打击华清的忙前忙后，正好自己也无事，况且这旅行应是大学里自己参与的最后一项集体活动了，不参加总觉得不够完满。有人说旅行是种态度，在江城看来此话着实荒谬，态度就是评价和感受，那么这话最好的解释就是旅行就是评价和感受，于是坐在家里就好，何苦舟车劳顿、风餐露宿？对江城来说，这旅行是大学的末端，四年的尾处，好像只有参加了它，才意味着大学即将结束。

旅行小组来到海边，开心的人还是开心，悲伤的人悲伤依旧。入夜后，江城和华清漫步于松软的沙滩，望着远方海面上的星光点点。并非江城不愿与别人散步，只是这小组里的女生除了柳烟，剩下的也形如柳烟，万般无奈，只得和熟识的华清见面，趁着朦胧的夜晚，观海聊天。

“怎么到了海边了还不高兴啊？这不是你挑的地方吗？”江城见华清闷闷不乐，故意揶揄他。

“嗯，我也奇怪啊，我以为自己组织大家旅行，能开心点，不过好像没什么作用。”

“大家不来也正常，其他班好像毕业旅行也没多少人去。”

“不是因为这个，来这么多人我其实已经挺满意了，毕竟好多人都得工作。”

“那你还不开心什么啊？你说你都考上清华了，该好好享受生活了吧！如今面朝大海，春暖花开，我怎么觉得你倒是想跳海啊？”江城不解还有什么原因能让华清不开心。

“我从两年前就开始准备考清华，现在考上了，不知道为什么，却开心不起来，有些失落。”两人停下，面朝黑色的海面。

“江城，小时候，家人总跟我们说，有志者事竟成，好好努力，一定有好的回报。这么多年来，我也一直是这么认为的，我努力，努力就能考上清华，可是，真的有些事情，却是再怎么努力都没法得到的。人年纪越大，无力感反倒越重，我觉得自己特别渺小，太多的事情，自己都控制不了。”

“好像是啊。”江城想想，觉得有理。

“江城，你有没有感觉，以前我们开心的时候特别开心，难过的时候也特别难过，可是现在，好像也没办法投入地快乐，也真的是悲伤不起来了。人吧，太感性了不安全，可是太理性了又没意思，小时候可能是感性多些，越大了，好像成熟了，理性了，可我觉得现在就过得挺没意思的。”

“你如果都过得没意思了，那让我们这些人怎么过啊？”江城拿起一块碎石，扔向海面，在广阔的大海里，它没有掀起哪怕一丝丝的波澜。

“江城，你记得上一次特别悲伤的时候吗？”

“应该是苏幕和我分手的时候了，那时候不是还抱着你哭吗？哈哈。”

“对哈，好像我最悲伤的也是那个时候。现在虽然也郁闷，但什么都不影响。其实现在这郁闷实在是不疼不痒的，也挺没劲的，不过瘾。”

“那你还想过瘾一回？”

“不知道，或许这样的事情也只可能有一回吧。”华清停了一下，接着问江城：“江城，你想知道那时候我为什么那么痛苦吗？”

“是因为你心里有一个人吧？”江城头都没抬。

华清愣了一下，明显有些吃惊，随后便沉默无语。

“不过我问你，你喜欢的人和你考上清华，如果非要二选一的话，你选哪个？”

“考清华。”华清毫不犹豫。

“你看，你看，还什么悲伤，你太令我失望了。”江城讥笑华清。

海风徐徐吹来，似是看穿华清的心思，想把他的心结吹开。

“华清，未来你有什么打算啊？”江城漫不经心地问。

“我啊，先在清华待着呗，可能到时候考个博士，以后我想去美国，那里可能会自由一些吧。”

剔透而纯粹的夜晚，大海与天边相连，它们抱在一起，诉说着彼此的思恋。海风像是蜜语，海浪有如甜言。微笑的星星温柔地注视着它们，蕴含着真挚的祝福，也存有一丝的不安。美好和平安并不长久，当太阳升起，光明出现，它们就无法抵挡这残忍的别离，只得灵验那注定的预言。

旅行归来，华清闲得发慌，再次舍己为人地奉献一次，携视频剪辑课程高分的“余威”为班级制作毕业视频一个。江城此行与华清关系进一步拉近，作为主要助手协同作战，二人配合默契，整个过程倒也顺利，只是在最后产生小分歧。华清认为要早早上传视频，让大家观看，江城则认为应该加上字幕，之后再上传。华清的意思是，都说的是中国话，加字幕作甚，这样颇有侮辱大家智商的嫌疑。江城现身说法，认为字幕不仅是为了配合大家的听力，更是别有一种味道。

毕业典礼之后的晚会上播放了华清制作的视频，班上有的人哭泣，有的人低落，有的人感怀，有的人悲伤。其他班的同学普遍反映视频过长，有些耽误时间。

接着就是散伙饭，江城悠悠逛回学校已近后半夜，树下集聚了众多的醉汉。此时，不论平常的关系如何，大家一律熟识，互相聊些期望和未来，每一个人都是既可爱又无害。

大学真的要结束了。

翌日为周末，华清先行回家，江城等人前往校门口送行。之后江城与子楼在寝室闲谈，收到华清的信息一条。

“原以为自己可以从容地离开，原以为这只是普通的分别，可是一想到自己真的毕业了，眼泪就止不住地流下来。这四年，凝聚了太多的内容，看着车窗外的你们，千言万语也只剩了一句再见。感谢我们一起走过的每个日子，江城、子楼、还在尼泊尔的景乐，我们来日方长，后会有期！珍重！”

江城想，这信息一看就是群发的，而且景乐那穷鬼去尼泊尔连国际漫游都没开，如今生死未卜，定是无法收到。

江城给华清回复：“我，还有景乐，都不会忘了这些回忆。”

“不是说好了不煽情的吗？”子楼看完信息，有点恼怒。

“是啊，这个口是心非的王八蛋。”江城点燃一支烟，对着子楼说。

宿舍楼里一片慌乱，好似四年前军训的前一晚，只是这次收拾好了行李，他们走了，便不会回来了。

江城把不用的东西打包，送到楼下邮寄，碰巧见到吴昔。他忽然想起一件事，叫吴昔稍等一下，自己回了楼上。

江城从楼上下来，把王大爷留下的本子交给她，“这是大爷留给咱俩的礼物，你我都有一个。”

吴昔拿着本子，沉默一会儿，她说：“我有些想念大爷。”

易南也要回家了，江城特地送别。是日，阳光灿烂，在纷乱的车站，两人眼泛泪光，江城看着易南的背影，他淡淡地感伤。

两天后，韵子准备启程回家。江城和子楼帮韵子收拾她的房间。

江城点燃一支中南海，他有些悲哀。

已经是临走的前一晚，楼道里一片狼藉，整层楼还剩几个勇士，他们不愿睡去，敞开着门，说些笑话。子楼已经搬到了工作的街道，景乐的东西也被唐多领走，这曾经热闹的寝室，只剩下江城孤身一人，他不多的行李早已打包，四散在地面。他依然记得来的第一天，那流氓的阳光，以及这张炎热的床。如今炎热依旧，可已是时间的尽头。

江城喜欢期待，他总是幻想未来的某天，自己还能否体会此时此刻的感受。不同的每一天，总会有不同的期待，可是回想起来，其中的大多数却都被时间隐藏，被时间遗忘。以后再回想，如今的期待，必然也如飘落的黄叶、熄灭的烛台。但期待不会因为飘落就消失，怀念也不会因为熄灭而停止。

江城此时有强烈的愿望，他幻想自己此去还会回来，接着自己又将重复四年的光阴，然而，或许只是因为这四年只有一次，这幻想才有意义，这思念才会珍惜。美好的事，仅有一次，转为回忆，也便是悲剧的喜剧。这黑暗的房间，弥漫着痛心的伤感，孤独的风从窗外吹来，吹散了欢快，江城孤单地坐着，他只愿在遥远的未来，自己还可以想起现在。

第二天，是个晴天。子楼特地请假回学校送江城，两人匆匆地见了一面，江城便坐上了出租车去西站。他本想跟子楼多说几句，酝酿一下伤感，但时不我待，司机不停地催促，说车停路边要罚款。江城急忙上车，等他扭头再看，这车已经转弯，子楼也已消失不见。

天边的太阳半遮半掩地落山，中国各处风景各异，但火车站是一样的乱。江城本想学华清的经验，写个煽情的信息，然而文字的能力毕竟有限，他深知自己的感受既有可能被曲解误读，也有可能根本无法表现。当然还有一个原因，他手上的包沉了一些，昨晚又胡思乱想导致失眠，此时早已四肢乏力，腰膝酸软，他体力渐渐不支，也就不想表达这做作的思念。其实也可以理解为，他比较懒。

落日映红了天边，厚重的云彩挡在太阳之前，像是棉被盖在写真女郎的身上，断了人们的遐想。日出而作，日落而息，每一天自有它的开始，也终会走向完结。江城的目光，朝着学校的方向。西边，那里既是夜晚的开始，也是光明的归宿。江城在心里默念，那里的人和物，愿你我如故！

江城把地上的背包挎在肩上，转身走进了车站。

尾声

南乡子·白秋

昨夜起秋风，漫天黄叶幽径空。冷冷清清是悲城，愿问，秋风成愁愁成风。

莫念旧时路，眼帘春雨树森森。若未相知只相逢，谁人，思忆那日雨蒙蒙。

小城的夏日，污浊而又炎热，时值正午，路上寂静无人。江城躲在屋里，不愿出门，随着时光的流逝，他没了期待，只剩等待。

景乐从尼泊尔回来，修好了相机。他在唐多那里住下，两人也算是开始了同居。他问家里要了些钱，报名一个英语四级的辅导班，整日与习题为伴。年底还有一次考试，是他最后的机会，通过了，他才能拿到学位证。唐多开始了工作，他却相对清闲，他说，自己现在吃了软饭，但他会尽早找份工作，他对唐多有些亏欠。

华清报名了托福的辅导班，趁着假期，他想先考一次试试。

子楼的工作还算顺利，只是钱不多，除去给自己的小屋交房租，吃吃饭，也就不剩什么了。韵子没有滞留北京，子楼的愿望落空，“刘小楼”或是“刘小韵”也没有出现，他想攒些钱，过些日子，去韵子的家乡看看，跟她的母亲见面，他害怕不做最后的尝试，自己会后悔。

胡月的研究生进入第二年，她已经是另一个学校的兼职辅导员。

钟情从美国回来，短暂地在小城待了几天。她与江城约在公园见面，像是寻常的朋友，只是聊天。钟情问江城以后的打算，江城笑说，自己的打算就是没有打算，先去英国把学上完。钟情说，江城去了英国，两人的距离倒是近了些。

羽歌从此没了消息，再没有人见过她了。

甘州毕业前与先前的男友分手，随即与本班的一个男生走到一起。毕业后，她随着男友到了南方。他们的婚礼将在来年举办。从此，她与北京不再有关联。

易南和江城还是会时不时地通电话，时不时地因为未来的规划而吵架。江城渐渐有些厌烦。每天的电话依旧是个任务，他完成得不好，不知什么时候就会结束。

厢儿在江城离职后不久也离开了广告公司，她游玩了一段时间，快要在她爸的公司开始上班了。

江城在假期里给苏幕发了条信息，祝她毕业快乐。苏幕先是大吃一惊，之后却给江城不停地道歉。她还跟江城聊些自己的情感，说现在的男友她并不满意。江城劝她不要冲动，还是好好在一起，毕竟一起走过并不容易。江城倒也不是假惺惺的大度，只是经历了足够长的时间，心里再无波澜，再无怨念，那何不做个好人，积德行善。天气转凉之前，苏幕还是恢复了单身。

吴昔和柳烟皆早于江城飞去英国。临走前，吴昔去王大爷那里看了看。她对江城说，大爷在这年的春天就去世了，房子已经被他的孩子租给了别人，应该是刚毕业的学生吧。

江城去英国的日期快到了，奶奶给他准备了些钱，告诉他去了英国吃好，英国乱，街上危险，让他没事不要在外面瞎逛。江城说，英国治安良好，让她不要挂念。奶奶的听力更差了，听不清他说的话，只顾着重复自己的担忧，把钱塞到他的手上。

要走的前一晚，父母还在收拾东西，一夜无眠，江城也只盼着日子过得快些，快些到了自己回来的那天。此时列车早已提速，三人清晨从小城出发，中午已经到了北京，三人早早来到机场，此时距离起飞还有将近半天。

临到登机，三人的话似乎多到说不完，父母不停地嘱咐，眼看就要错过安检的时间。江城匆忙办完手续，扭头望向父母，本想故意煽情，有意伤感，却见老两口并不难过，反倒有志得意满的笑脸，江城哭不出来，挥了挥手，也就上了飞机。

十二个小时后，飞机缓缓地在伦敦降落。相比北京的烈日炎炎，此地似乎已经进入秋天，江城这次如愿地最后一个走了出来。

他离春天越来越远了。

（北京平淡故事·完）

番外篇

北京秋天的下午到晚上

关于老王

我爱上了一个叫果果的女孩子。

果果年龄未知，身世不详，我是在 KTV 里认识她的。

我一直认为 KTV 就是唱歌的地方，所以从来觉得富二代们来这里豪掷千金，实在让人难以理解，为什么不在家里弄一个 KTV 房间呢？这种感觉来源于我的舅舅，我的那个有钱的土暴发户舅舅，就在家里搞了一个 KTV 房间，相当地令人印象深刻。而且为了凸显他对这种风格的热爱，自家别墅客厅和卧室的装修风格也保持了一致，加之地处市郊，方圆十里都只有这一座闪光的建筑，总让人感觉怪怪的。

我的表弟具有较强的商业头脑，曾经在舅舅和舅妈出国环游的时候，在门前立起了“豪庭 KTV”的霓虹招牌，一时间门庭若市，高朋满座。顾客们普遍反映，此地除了服务人员只有年轻的老板一个人以外，剩下一切一流，而且安静优雅，无人推销，实在是人间仙境；虽然唱歌的房间只有一间，但卧室充裕，因而只能预订，甚至一度在本地论坛中成了 KTV 推荐的常客，其描述为：“这 KTV 什么来路，谁能给科普一下？”

后来表弟接着去加拿大念书，毕竟把四年的大学念成八年也是个繁重的任务，副业就只能告一段落。这造成了一定的后果，我舅舅经常跟打电话来预订的人吵架，偶尔还跟上门询问的顾客打架。

由于表弟总是有意无意地显摆他的物品，刺激我这个一无所有的人，因此在一个秋天的下午，我特地登门拜访舅舅，并出卖了表弟。

我特地嘱咐舅舅，让他别往心里去，表弟也是好心，想盘活闲置资源，合理优化搭配。这直接造成了舅舅家的 KTV 被改成了健身房，主要是沙袋和拳击训练设施。

老张是我的发小，得益于在互联网公司的潮流职业体验和一贯放浪形骸的人生信条，他对于 KTV 这样的地方有相当程度的研究。

当我说出自己的疑问时，他不无恨铁不成钢、烂泥扶不上墙、朽木不可雕的神态，痛心地说：“你怎么都成年了，想问题还跟个处男似的？”

我义正词严地回复：“我就是处男。”

我在一家国有企业中从事团务工作，主要任务是团结公司里的青年员工。此公司员工以男性为主，一帮风华正茂、虎狼之年却没有女朋友的男员工，并不会被诸如月饼、粽子等应季美食团结起来。而当我好不容易跟另一家卖电影票的互联网公司达成合作，妄图给大家赠送免费电影票的时候，我收到的威胁邮件比以往所有的工作邮件都要多。

何必呢，我也没有女朋友。

我问老张："你说我天天尽心尽力地为他们服务，怎么就不领情呢？眼瞅着要团委换届了，我这团委书记的职位可咋办呢？"

老张抽一口烟，悠悠地说，"你呀，工作完全就不到位，根本上要做到倾听青年心声、了解青年动态、解决青年问题，才能够待得住、留得下、干得成。明白吗？"

"有道理……不对，你们私营互联网公司也有团委吗？你怎么说话一套一套的？"

"我从我爸的稿子里看的，但本质上是一回事。"老张猛地把烟头掐灭，坐起身来，"我问你，他们现在缺什么？"

"钱。"

"你能给？"

"不能。"

"那你提这干吗？除了钱，缺什么？"

"女朋友。"

"你能给？"

"我还没有呢，也就是说，不能。"

场面一时陷入僵局。

“你当然是给不了的，但是你可以给大家创造条件，你们公司兄弟企业那么多，跟其他公司团务的负责人联络一下，大家组织个把联谊活动，不就解决大家的问题了吗？你在青年群众中的威信能不高？”

老张醍醐灌顶的一席话，让我深知自己工作是有多么不到位，我立即着手开始相关工作。

回去之后我立即和公司一把手介绍了近来团务工作的情况和问题，并阐释了接下来工作的方向、方针和方法，一把手高度重视，责成我立即开始相关工作，为青年员工们谋福利、促发展。

有了一把手的亲切关怀，我立即起草并刊发了《关于践行“三个一块儿”指导思想，落实“所有青年儿”切身福利的通知》，并第一时间与兄弟企业的团务负责人取得了联系，建立了沟通，保持了合作，“与青年一块儿过，与青年一块儿苦，与青年一块儿干”的兄弟企业联谊活动风风火火地开展了起来，一时间公司欣欣向荣，感谢邮件连绵不断。

感受着青年群众如火的热情，我仿佛看到了自己在团委换届大会上以团委书记身份发表重要讲话的英姿。

然而，我忽略了一个问题，那就是，其他兄弟公司也基本都是男性员工。

于是乎，联谊活动的当天，我们观察到了这样的场景：北京秋天的下午，一个由仓库改成的联谊大会现场，大概两百名男同志，将不足十位女同志困在角落，他们眼中投射出绿色的光，女同志瞪大了恐惧的双眼，努力克制自己颤抖的双腿，或许只需要一声令下，这十位女同志就会被眼前杀红了眼的男同志给撕得粉碎。

兄弟企业的团务负责人问我："老王，咋办？女的不走，他们就惨了，女的走了，咱们就完了。"

在这一刻，我想起了自己年迈的父母，尚未谋面的妻子和未来可能会有的孩子，但是，当我想到自己的身份和肩上的责任，就没有任何的犹豫。

"让女同志先走！"我目光如炬，视死如归。

团委换届大会当天，我能自己走着到会场已属奇迹，我尽可能躲避所有青年男员工如刀子般锋利的目光，躲在一个角落，坐了下来。我知道，不属于我的，即便再努力，也终究不属于我。我绝望地盯着桌子，观察上面爬行的小虫子。

得益于这只活泼可爱的小虫子，我没有丝毫的困意，我决定好好观察，以便最终分清这虫子到底是公是母。

一把手总结去年工作的时候，这虫子走得比较缓慢，我用四个曲别针给它围了个圈套；讲到今年上半年规划的时候，这虫子察觉到了环境变化，有些焦虑，步伐明显加快；讲到团务精简改革的时候，这虫子已经放弃了抵抗，等待着末日宣判；讲到下一任团委书记人选的时候，我的笔已经驾临在它头上。

我就要成功了。

虫子刚被翻过来，就听到一把手念到我的名字。

我成了新一任的团委书记，笔掉到了地上，虫子跑了。我的大脑几乎处于像把纸箱子剁碎之后制作的小笼包子馅儿的状态，完成了身为团委书记的第一次讲话。

之后一把手找我谈话，主要阐明了两个议题，第一，鉴于我工作踏实、为人正派，虽说联谊活动办得不太尽如人意，但责任并不在我，在于男性青年员工要求太多、态度太差，所以组织决定由我出任新一任的团委书记；第二，目前团务系统要改革，所以为了体现艰苦朴素的作风，之前剩的团活动经费，务必于一周内赶紧用完。

这突如其来的变化让包括我在内的很多人措手不及，其中包括之前反对我最凶的三个男性员工。在一个北京秋天的下午，他们组团来到我的办公室，三人表示："之前受了西方资产阶级糖衣炮弹的影响，竟然放弃本职工作而不顾，天天想着个人享乐，妄图通过联谊活动好找个对象，并由此记恨于您，非常愧疚，匈奴未灭，何以家为？"我当即表示，陈年老账就不要算了，还是要向前看，以后我还要多多依靠像你们这样的先进员工。

上任之后，新的工作需要立即展开，当务之急是如何快速有效地把所剩的活动经费花出去。为了完成这个光荣而艰巨的任务，我找到了老张。

老张曾经是他们县城的高考状元，在花钱方面颇有一小手，号称"京城 KTV 的活体导航"，而且套路极深，我有幸与他去过两次。

当我把需求跟他提出之后，老张当即表示没有问题，经过五分钟的大脑检索之后，锁定一家 KTV。

"就去这里吧，能开发票。"

"太好了，关键是名目怎么办？"

在一个北京秋天的晚上，我和老张以及三个"碎催"一行五个人，莅临指导了这家 KTV，也就是在这里，认识了果果这个女孩。

平日里，当我忙完一天的工作后，通常也不多，我会去果果的出租屋里叫她起床，然后我们一起在路边轧马路，然后在某一个路边小摊吃点诸如麻辣烫、铁板烧和鸡蛋灌饼之类的食物，聊些人生和理想，然后送她去上班，如此反复，周而复始。

我觉得我回到了青春的岁月，长发飘飘的女孩子，她只跟你在一起，她不会要求房子、车子和钞票。我们一起轧马路、看电影、吃路边摊，享受北京秋天下午的微风，看着北京秋天晚上的星星。我们在一起是开心的，这和其他无关。

致我终将逝去的青春，我决定为果果换一个工作。

如此重大的事件，我觉得只有一个人可以帮我拿主意。

我把这个计划告诉了老张，老张稳稳地抽一口烟，说："你的预算是多少？"

我对这事情没有经验，想了一下，说："100 万？"

老张抽了口烟，说："我觉得这点钱不够。"

"你觉得多少钱才够？"

"我觉得，得 250 万，至少。"

场面一时陷入僵局。

我现在还住在单位分的员工宿舍，如果出去租房子都得破产，很明显，我没有这么多钱，我得想办法搞钱。

世上无难事，只要肯登攀，我马上就有了个计划。

"老张，我们公司一把手有钱，他一年绩效奖金就得上百万，这都赚了好多年了。你看，咱们这样，咱们这样，我把他绑架了，然后让他自己赎自己，这样，我就有钱了，怎么样？"

我隐约看到了自己和果果在热带岛屿的海边追逐，夕阳西下，快乐的爱情在播种、生根、发芽、发展、壮大。

老张又抽了一口烟："两个问题，首先，你那叫抢劫，不叫绑架。其次，你会用武器吗？你会绑人吗？就是那种用麻绳把人死死勒住的那种。"

"不会。"我答道。

场面又一时陷入僵局。

"这样吧，果果这种单位的性质呢，是高度市场化的，用人单位跟雇佣者的关系都比较自由，我想了一下，估计你也不用找他们领导，把她说通就行了。所以呢，你看，最近北京的房价涨得这么厉害，一夜都能涨 30 万，你要不买套房子，然后跟果果说让她不用辛苦工作了，在家待着相夫教子，她主内，你主外，这样你们就能像童话故事一样，快乐地生活在一起了。就算最后不成，也是个投资，你也稳赚不赔。"

"我觉得你说得很有道理。"我对老张投以敬佩的眼神。

做事情最怕拖，我在搞了一周的调研之后，决定立即实施。我拨通了我母亲的电话，跟家里人说了买房的计划。他们非常支持，觉得我突然开窍了。他们东奔西走、东拼西凑地给我弄了 250 万，在得知我买房子是因为已经有了心上人之后，我的母亲甚至购买了大量的婴儿用品。

我在山清水秀的北京顺义，距离首都国际机场仅有几千米，坐公交车只需要 8 站就可以到达地铁站的地方，我考察好了一套 50 平方米的房子。

一切都已经就绪。

我按照计划，拨通了果果的电话。

"我买了房子，果果，咱们远走高飞吧。去顺义，对，就去那里，我已经都看好了，我们一起过世外桃源、无忧无虑的生活，只有我和你，我再也不想看着你这样辛苦了。”

“老王，其实，你不用这样……”

“果果，你不用再说了，我已经决定了，一切都已经弄好了，我知道你是个好女孩，不过……额……你其实不用有什么愧疚的感觉，真的，这个话我敢说，为了你，我做什么都可以。”

“不是，你理解错我的意思了，老王，你买的地方太偏了，都什么鸟不拉屎的地方呀，出去买点东西都没法弄，旁边只能种菜了都……老王呀，我跟你说，我现在有的两套房子都在四环，我都嫌远，你把房子买到那个地方，是几个意思呀？不跟你说了，我正看房子呢，我挂了啊。”

“别，别，你在哪看房子呢，我去接你啊。”

“师傅，朝外大街左转，听我的，别看导航，没用的……”

电话挂断，我再打，“您所拨打的号码暂时无法接通，请稍后再拨……”

我点燃一支香烟，让光亮照亮这北京秋天的晚上。

我的电话嗡嗡作响，肯定是果果让我去接她了，看来刚才只是找房子来不及接电话，我欣喜若狂。

“王哥，你看的那套房子业主已经要涨价到280万了，你还买不买，不买我就跟别人签合同了啊！”

“好……”我不知该说些什么，果果不喜欢了，宝剑赠英雄，红粉予佳人，这套房子对我，还有什么意义？

而且，我还差着30万。

我狠狠地将烟头掐灭，因为我知道，我不能再这样浑浑噩噩地活下去了，我需要新的方向、新的视野、新的事业和新的人生，这对于我来说，是一次新的机会。

老王的新生活

“小王，带刘先生看看那套 17 楼南北通透的两居室，钥匙你有吧？”

“我有我有，经理您放心，我这就去。”我赶忙回应，快速地整理手上的资料，夹着我的人造皮革公文包出去了。

我骑车到地铁口接刘先生。与其他的同事不一样，我会骑着这辆电动车，也就是踩着脚踏板前进，通过人力驱使达成交通。我热爱骑行，因为除非真正地踩动、真正地流汗、真正地体验、真正地前进，人很难感受到自我的存在。我思故我在，我动故我在。人的存在总是需要一些证据的，科技对人的异化作用很多人都没有体会到，我对此有着深刻的理解，这也是我位列上个月销售冠军的原因。

当然，电动自行车的电池被偷之后，如果推着它，还不如徒步走。

我好不容易气喘吁吁地骑着车来到地铁口，见到了刘先生。

“刘哥，不好意思，骑得有点慢，您坐后边，我带您去看房哈。”

刘先生见我汗流浃背，说话真诚，果真是一员虎将，顿时对我倍加信任，让我把车停下，坐着他的德系中级轿车一起看房。

我当然收下刘先生的好意，把车泊在地铁口的自行车棚子，开始着手锁车。可能是由于前两天下雨，再加上我购买的是原装进口的高级锁，就是那种用斧子都劈不开的，锁芯有点生锈，开锁时间略微有些增加。

刘先生见我满头大汗，在炽热的艳阳下辛勤劳作，不免心生怜悯，摇下车窗，对我致以了“诚挚”的问候：“快点，你那破车还有人偷是怎么着？麻利儿上车，成心耽误我时间是不是？”

我带着这位看房的刘先生来到 17 楼的落地窗前，向下望去。

“这房子不错，什么中介费、税费乱七八糟地你给我算下，多少钱，今天就把合同签了吧。”

“刘哥，您容我想想哈。”

我并没有拿出计算器，只是朝窗外望去，朝外大街的路上车水马龙。我仿佛看到了果果的笑脸。

我想，我就要和果果再次相遇了。

话说回来，投身到房地产并非我已经计划好的新生活。我的老师曾经说过，知道命运的追着命运走，不知道命运的被命运牵着走。我自然是不知道命运对我的安排，因此我被命运牵到了这个蒸蒸日上、机会多多的领域。

命运的表现方式是这样的，后来的某一天，果果与我失去了联系。

我对于命运的安排没有异议，这毕竟都是对我心智和能力的考验，我知道，今天很残酷，明天更残酷，后天很美好，大多数一般人都折戟沉沙在了明天晚上，我不是一般人，我笑对这些波折。

我清晰地认识到，这是命运对我的考验，没关系，我还有一份新的事业,上帝在为我关上一扇门的时候,同时也会打开一扇窗。男人嘛，只要有了事业，其他都没有关系。

来，让我们一起共创辉煌，这是我微信头像所传达的信息。

接着，由于卖给刘先生的房子之前的业主已经把房子抵押给了银行，而公司并没有将这方面的信息告知我，刘先生也就被理所应当地蒙在了鼓里。刘先生得知事情的真相后勃然大怒，立即纠结一伙社会闲散人员来门店理论。公司一向有保护员工的良好企业文化，不能让任何一名一线销售人员蒙受不白之冤，迅速成立调查组调查此事，最终将“锅”完整地扣在了我的头上。

我以上月销售冠军的身份，因故意欺诈顾客，被公司立即辞退。出于对我的爱护，公司非常人性化地并没有追究我的法律责任，我的赔偿金也已经贴心地替我交给刘先生，作为补偿。

生活就是这样。

我依旧热爱骑行，我会在骑行中寻找自己存在的意义，穿过纷纷扬扬的落叶，感受北京秋天的下午的味道。

关于老张

我比现在年轻六个月的时候，获得了一个游手好闲的差事，到足疗店去收集真实故事。

八个月前，我和老王失去了联系。原因实在简单，他居然疯狂地爱上了一个见面才几天的姑娘。我本想用房子把他压死，断了他这莫名其妙的想法，可谁知这小子这般实在，竟疯狂地妄想把整个房子都交予对方。后来据说单位也不要他了。

老王并不联系我，我也联系不到他，我很心痛，甚至有着相当程度的悲伤。

其原因在于，我们一向关系良好，是很熟的朋友，在这偌大的北京，真心的朋友能有几个？少一个，自己内心的孤独、寂寞、困顿和压抑就放大不止一倍。

老王目前的境遇我可以想象，他的落魄分明是咎由自取。

想到这里，我露出了欣慰的笑容。

我就职于一家互联网公司，加入的时候正值“互联网 +”热火朝天，任何事情贴上互联网都不再一样了。我对此相当费解，似乎任何事物加上个手机软件或者微信公众号，就都是互联网产品了。我先后吃过互联网的煎饼和互联网的米粉，果不其然，从价格到味道，都十分地“互联网”：首先，价格高到我在日常现实生活中根本无幸得见；其次，难吃程度也只有在网上听说过，现实生活中则无幸品尝。

我一直认为自己不是一般人，这从我不同常人的“高端”爱好就可以说明。我的爱好有三：其一为莅临指导各大 KTV；其二是参观视察各个足疗店，当然，从某种程度上，前两个爱好也可以合并同类项；其三为静坐禅修。

当今大家追名的追名，逐利的逐利，懂得吾日三省吾身，时常梳理总结的青年人自然凤毛麟角，而我就是这为数不多的“精英分子”。

值得注意的是，我是在进入互联网这个圈子之前就开始静坐禅修的，这凸显了我并不是一个随波逐流的人。当我发现如乔布斯一般的伟大人物，都是禅修的爱好者的时候，我深知，自己找到了职业发展的方向。因为，先别提学历、经验、思维、管理、人脉、洞察、执行、气魄、声势什么的，至少从爱好上，我已经比肩乔布斯了。

互联网圈子的浮躁位列三百六十行的翘楚地位，当年乔布斯在的时候，我就听说很多人视其为偶像，将禅修作为第一爱好，更有甚者，很多公司开辟了专门的禅修室。

当然，跟风的人都意志不坚定，后来，他们中的绝大部分人都转向了夜跑活动，每天晚上都发布自己跑了几千米，累得气喘吁吁的图片，好让别人自惭形秽。

不过，跟风的人都意志不坚定，后来，他们中的绝大部分人都转向了德州扑克，每天晚上都发布自己玩了几局，输了多少钱的图片，好让别人自惭形秽。

不过根据互联网的精神，即对资源合理优化配置，最大限度发挥价值，禅修室在把跑步机放到角落之后，放个德州扑克牌桌，刚刚好。

而我诚信为本，始终如一，从过去、到现在、去未来，我的爱好都是静坐禅修。

我热爱静坐禅修，热爱在禅修中梳理总结自己的一整天、一个月、一季度，就像我热爱莅临指导 KTV 和参观视察足疗店一样。

我所在的公司已经完成了 A 轮融资，之所以能获得投资机构的青睐，我所在的部门当然功不可没。

两个月前，在与老王失联的同时，公司正式启动 B 轮融资计划，原因是因为公司发展迅速，用户增长猛烈，要为了理想大踏步地往前疾驰。

计划赶不上变化，资本寒冬呼啸而至，寒风刺骨。公司要想发展，面对大是大非的问题时，必须有刮骨疗毒、壮士断腕的勇气，随即启动减员增效计划，此次行动的代号“一个都不能多（All Out）”。

我所在的部门居然上了第一批被辞退名单，我知道，这家公司命不久矣。

离职后，我为自己立下了规矩，再也不去当一个骗子。

朱门酒肉臭，整个行业都没钱发工资，找工作自然不是容易的事情，何况我要好好改造，重新做人。于是，我决定做一个“自由职业者”。当然，这是我的愿望，现实是，我很自由，却没有职业，也就是没有收入，这样下去终究不是办法。眼见内容创业成了下一个“风口”，一个个微信公众账号都能估值上亿，我就和一头贪婪的猪一样飘在北京的各个足疗店中，收集各色各样的真实故事，好让自己能在风口中飞起来。

之所以走上这条职业发展道路，原因有三：其一，这与我的爱好相投，都说兴趣是最好的老师，又都说有趣才是一辈子的解药，所以基础牢靠；其二，天下兴亡、匹夫有责，我这名青年匹夫也可以为拉动内需做一点微不足道的贡献；其三，现在内容创业这么火，十亿人民九亿自媒体，一派供需两旺、热火朝天的状况，记录些真实故事，投稿到微信公众号，还能赚些稿费，至少把去足疗店的钱补齐，我觉得是自食其力。

按照基本一周两篇的量，去足疗店的钱不仅够了，居然还余出了饭钱，除了房租需要靠之前的积蓄之外，日子倒也过得悠闲。

几个月的“自由职业”下来，我发现如今大家猎奇心理极强，这种以技师为主角的真实故事居然供不应求，我竟然要面临催稿的压力。可是相同的事情做多了不免疲乏，我经常会混淆技师们 AA 或者 BB 式的名字。

幸福的人我没见过，不幸的人倒是只有几种。虽说生活本来就是无奈，可我从没想过自己被活活地逼成了个自媒体。

静坐禅修依然是我每天的必修课，我时常反思自己，告诫自己，走得太快了，别忘了停下想一想，当初为什么出发。经过短暂休整并收到四条信用卡到期还款通知后，我觉得已经是时候了，我已经逃离了黑客帝国，现在要重装上阵了。

作为一个严于律己、有着极高职业素养和道德操守的人，我当然要认真面对自己的每一则故事和每一篇文章。以往很多时候的访问对象雷同程度颇高，以至于我不停地粉饰固定的几篇文章进行投稿，这一方面穷尽了我的才华；另一方面，我时常在夜深人静时质问自己，你是不是在骗人？这让我背负了巨大的道德枷锁，有了严重的心理负担，吃肉都不香了。

因此，为了提升故事质量，我汲取了以往的教训，在挑选采访对象时颇费了一番心思。互联网时代，大家都不甘人后，理疗馆也充分利用了互联网思维，建立了网站，而这就是我创作的第一步。首先我会在理疗馆的官方网站的“技师风采”版块中根据他们的相貌和工作经历进行初步筛选；见面后，我会细心观察他们的神态样貌，一旦发现苦大仇深、愁眉紧缩有八点二十趋向的一律剔除；接着我会与他们闲聊，那种吞吞吐吐、词不达意的也被屏蔽；最后我会问问他们都关注什么微信公众号，进行形而上层面的“拷问”：只有顺利通过层层关卡的精英技师，才能顺利成为我的采访对象。

我知道黑夜正在转瞬即逝，黎明从天而降了。

老张的新生活

“太平桥走吗？”

“走的，走的，来，您上车。”我赶忙为乘客打开车门。

“多少钱啊？”这位男性乘客上车后一边开始照镜子戴美瞳，一边问我。

“十块，都这价钱。”

“八块吧，我留你手机号，我以后用车的时候多，都叫你。”

“也行。”

我发动了车，行驶上路，我一向诚信为本，做的是长线生意，既然顾客有需求，牺牲眼前利益换取长远利益是完全划算的，商业技巧我还是有一些。

“车内饰不错嘛，好车，好车。”男性乘客环顾车内，不由地感慨。

我微微一笑，并没有回应。这是自然，我对于车辆的爱护和用心程度在整个地区都是名列前茅的，毫不夸张地说，绝对是此地的五星级车辆。而且，更为关键的是，我一手抓物质文明，一手抓精神文明，从我个人的高端品味出发，在车内放的音乐都是民谣和轻音乐，一扫此地车辆音乐以乡村农业金属和舞厅舞曲为主的风气，掀起了一股崇尚高端音乐的浪潮。

我打开车内音响，为乘客提供最高级的享受。此时，我身后传来了男性用户打电话的声音：“你跟他说，让他不要给我们制造太多阻碍，A 轮融资 5 亿的估值是不能降的，你想让老股东把我杀了吗？对，对，根本就通不过，他们爱投资投资，不投资就算了，就是，就是，就是，8 个亿的估值，如果他们态度比较真诚，还有的商量，对，对，6 个亿是底线，你再谈一下吧！好，再见。”

男性乘客在车内点燃一支烟，不出意外，他把火撒到了我的身上：“你这播的是什么玩意儿，换歌换歌，就换个……《闯码头》吧，那歌好，节奏明快，比你这个强多了。我告诉你啊，你要是没有这首歌，我可不付钱。”

有人的地方，就有江湖，我怎能不有所防备，我立即更换碟片，而且还是 DJ 快节奏版本，男性乘客的嘴瞬间被堵得严严实实。

导航为我推荐了终点附近的停车场，我找到一个车位，下车，开门，收好八块现金，礼貌地送走了这位男性乘客。

良好的职业素养让我知道，小不忍则乱大谋，所以我并没有发作，但显然我对这位乘客非常不满。首先，他是我曾经的同行，是个骗子，我最不喜欢这样的人；其次，他心情不好可以，但是在全城禁烟的大背景下，在我的车内抽烟是不对的，还命令我播放《闯码头》，不仅傲慢无礼，而且品味低下；最后，他走的时候居然没有要我的手机号，这说明我的计划落空，不会有长线生意，我白白损失了两块钱。

“哎，哎，哎，说你呢！三蹦子怎么停这儿了？你脑子有病吧？”

“不好意思，不好意思，我马上走，麻烦您了哈。”

我的新生活开始了，每天我会在地铁口观察来来往往的人，每个人身后都有一个故事，而我就是这故事的收集者。

只要有心，哪里都有素材，哪里都有故事，开车在地铁口等生意，拉乘客，现在就是我收集故事的方法，有了这辆一万块的车，我就是此地鹤立鸡群的存在。

在这个新圈子里，道儿上的话管城管叫“黑猫”，黑猫大范围出动，搞得我们很被动。我们特地购买了一批对讲器，消息共享，互通有无。

这个北京秋天的下午，我拿到了自己的对讲器，上面按钮甚多，于是我把车停在路边，准备拿出半个小时好好熟悉一下。

正当我熟悉对讲器的时候，两位黑猫走到了我的旁边。

“哎，你这三蹦子干吗的？”一位黑猫问。

“自用，不拉活。”我还是见过世面的，回答滴水不漏。

“哦，那你拿着对讲机干吗？”另一位黑猫又问。

“我是个无线电爱好者。”我随即打开车门，里面堆着五本无线电入门书籍，外加一个半导体。我不仅是见过世面的，回答滴水不漏，而且做足了准备。

“哦。”两位黑猫悻悻地走了。

“哼，跟我斗。”我继续熟悉对讲器。

其中一个黑猫忽然一扭头，“哎，师傅，太平桥十五块走吗？”

“走的，走的，来，您上车。”我赶忙为乘客打开车门。

“来，就是他，给我拿下。”两位黑猫猛然扑了过来。

我以此地最佳车况和服务标兵（很多乘客亲口跟我说的）的身份被带到城市管理行政执法局，车辆没收，另处罚款。之前拉的活都白拉了，而且，我也没有车了。

生活就是这样。

我依旧热爱静坐禅修，我会在禅修中寻找自己存在的意义，注视纷纷扬扬的落叶，感受北京秋天的下午的味道。

北京秋天的下午到晚上

这是个北京秋天的下午，空气难得显得有些清新，当处于阳光下的时候，犹如盛夏；当置于阴凉处的时候，阵阵冷意。上帝以秋天为刀，将这世界一劈两半，一半阴，一半阳，两面又为一体，如此丰富的感官体验，只应该也只能是秋天才能提供。

有微风、有落叶、有燥热、有寒气，秋天莫名地综合了各种元素，指引人们奔向萧瑟和落寞，繁华而必将死去。难怪古时候的骚人总是一遇到秋天就开始吟诵，各种断肠人层出不穷、愈演愈烈，因为人们知道，此刻过去，就是萧条的冬季。

我热爱骑行，在这个北京秋天的下午从这里骑车路过，一眼就看到了她。

我热爱禅修，大隐隐于市，在这个北京秋天的下午，我坐在人群中，漫无目的地瞎看了一天，才发现了她。

她是个双眼全盲的人，坐在街角，戴着一副普通的墨镜，我判断，应该是从旁边的摊位上买来的，因为刚才我推着车走过的时候，分明看到了同款。

她是个禅修的人，坐在街角，戴着一副普通的墨镜，我判断，这墨镜质量不错，因为刚才一个小石子被风卷起来，打到了她的镜片，镜片依然稳固。

老实说，她挺好看的，我虽然看不到她的眼睛，但似乎能感觉到从镜片背后投射出的神采。眼睛有神这种东西，在我看来其实跟睁眼与否都没有关系。

老实说，她定力很强，因为这么大一颗石子打到眼镜上，虽说有东西保护，可毕竟产生了共振，能够任尔东南西北风，我自岿然不动，实在功力深厚。客观地说，我是做不到，而且，从她均匀的呼吸来看，我推断是个活人，不是雕塑。

她的正前方有张纸，算是个平铺的海报，上面述说着她的遭遇：父亲去世，母亲重病，生活的重压让她不仅没法上学，没法追求自己想要的人生，失去了自我，更压垮了她的身体，变成了盲人，如今生活都成问题，希望过往的好心人能帮帮她。

她的正前方有张纸，隔着有些远，看不清上面写着什么。不过我相信，一个功力如此深厚的禅修者，是不会仅仅关心自我，兼济天下才是她的理想，想必这海报上是她对于禅修的见解、总结的方法，以及对大众的期许。

她遭遇不幸，长得又很好看，按照世俗的社会规则，她自然成功引起了别人的注意，在这个鱼龙混杂的长途汽车站周围，到底是卓尔不群的。不时有人给她前方的海报上放些零钱，居然也没什么人想要拿走这些钱。

她气定神闲，功力又很强大，按照世俗的社会规则，她自然成功引起了别人的注意，在这个鱼龙混杂的长途汽车站周围，到底格格不入的。居然有一些未开化的愚民给她的海报上扔零钱，简直是有辱禅修者，我感觉自己都有些坐不住了，好在她到底比我强，依然不动声色，真大师也。

一个小伙子和他的女伴走过来，此男身着方格子风衣和围巾，背着烂大街韩国铆钉包，由于没有系扣子，“H”字母皮带闪闪发光。他显然注意到了盲女孩，多看了几眼，作势要拿出编织牌的钱包拿些钱给盲女。

一个小伙子和他的女伴走过来，此男身着桌布一般的斗篷，背着一种如我这般密集恐惧症患者一看就头晕的一堆钉子的双肩包，由于没有系扣子，我甚至感觉到了他腹部正在被寒风摧残，快要拉稀了。他显然注意到了女性禅修者，多看了几眼，作势要拿出纯黑色的本子找人家签名。

一瞬间，他似乎察觉到了女伴的不悦，看她的口型，应该是说：“都是假的，骗咱们的。”他放弃了给钱行为，还在快走时作为补偿恶狠狠地瞪了盲女孩。

一瞬间，他似乎察觉到了女伴的不悦，看她的感觉，应该是说："我不应该，乱了气场。"他放弃了签名行为，还在快走的时候一直注视着禅修者。

我知道小伙子肯定不差钱，身上行头肯定全都是行货。

我知道小伙子肯定有慧根，不同处所知道该如何相处。

之所以这么判断，原因有二，他的女伴整容整得漂亮，身高不在我之下；另外，他们走到了旁边的胡同，不一会儿开了一辆跑车品牌旗下的 SUV 走了。

之所以这么判断，原因有二，他自己发现禅修高人之后，虽然有按捺不住的激动，但还是立即停止了不敬行为；另外，他的女朋友能够果断制止，也说明遇人很淑。

我知道，他是个继承者。

我知道，他是个仰慕者。

过了一会儿，一个女孩子走过来，此女身着方格子风衣和围巾，背着烂大街韩国铆钉包，由于系了扣子，我不知道她的皮带如何。她显然也注意到了盲女孩，多看了几眼，作势要拿出编织牌的钱包拿些钱给盲女。

过了一会儿，一个女孩子走过来，此女身着桌布一般的斗篷，背着一种如我这般密集恐惧症患者一看就头晕的一堆钉子的双肩包，由于系了扣子，我为她不必忍受阵阵冷风而带来的肠胃不适，进而承受可能引起严重后果而感到高兴。她显然注意到了女性禅修者，多看了几眼，作势要拿出纯黑色的本子找人家签名。

她细细地看了看海报，一瞬间，似乎察觉到了盲女的可怜程度要远超自己的想象，她丢下几个钢镚儿后，又加了几张纸币。

她粗粗地扫了扫海报，一瞬间，似乎认为女禅修者坐在此处是为了搞行为艺术，她放弃了签名，却丢下了若干张纸币。

我知道女孩子肯定没什么实力，全身上下全都是仿货。

我知道这女孩子不是什么好人，转眼之间转变了想法。

原因是，我发现她是在旁边等鸡蛋灌饼的时候看到盲女的，当她走到盲女跟前的时候，嘴角的辣椒酱和甜面酱还没有擦干净。

原因是，我发现她是在旁边等鸡蛋灌饼的时候发现盲女的，走到女性禅修者跟前的时候，都没有把鸡蛋灌饼的钱给人家摊主给结了。

我知道，她是个伪装者。

我知道，她是个亵渎者。

天色渐渐暗了下来，光明、温暖和风景都随着黑暗而消逝，说话吐出的白气看得愈发清晰。夜幕降临，人似乎都不再是人，他们的动物性逐渐显露、生长、扩散、爆炸，直到黎明之前，达到顶峰。据说空气中的有害气体的峰值也是那个时候。

我是个观察者，我不仅能看出继承者和伪装者，我还知道那盲女孩子不是真的。

我是个禅修者，我不仅能看出仰慕者和亵渎者，我还知道那女禅修者道行很深。

先说我如何发现这个漂亮的盲女是个假盲人的，我发现，趁着人少，她从裤子口袋里拿出手机看了一眼。这个动作很小，若非敏锐的观察者，绝无法看到。

先说我如何发现这个坚定的禅修者是个高人的，我发现，趁着人少，她扭动了自己的身体，以便让僵硬的肌肉获得缓解，但马上阻止了自己，恢复到了标准姿势。这个动作很小，若非高深的禅修者，绝无法做到。

盲女所作所为，让我觉得我的心和我的手、腿、脖子、脸等各个身体部位一样冷。

禅修者所思所虑，让我觉得我的心和我的每一条腿都一样激动。

我感觉我被击溃，三观尽碎。

我感觉我被鼓舞，心有所属。

我无法再正视我看到的一切，默默地走开了。

我无法再正视我看到的一切，渐渐地坐直了。

我把自行车靠在墙边，慢慢蹲了下来。拿出一张纸放在前面，上书我的口号："骑行千里落难此地，诚求各位朋友助 8 元钱吃饭及路费好吗？谢谢。"

我把桌子收拾整理好，慢慢打开箱子。拿出一张硬纸放在前面，上书我的口号："祖传贴膜，各种手机膜、手机壳应有尽有，价格公道，童叟无欺，欢迎选购。"

天色越来越暗，我往旁边贴膜的人那里靠了靠，他准备把台灯拿出来了，那里，有光。

天色越来越暗，旁边以驴友名义要饭的傻子靠过来，我的台灯最近出了问题，总是，不亮。

贴膜的人不让我靠过去，用胳膊推搡着我。

要饭的假驴友非想要靠过来，用大腿挤占地盘。

"老张？"

“老王？”

台灯突然亮了，我觉得，北京秋天的晚上，像是被点亮了一样。

我也这么觉得。

（北京秋天的下午到晚上·完）